新装版

一番手柄

取次屋栄三《えいざ》⑩

岡本さとる

祥伝社文庫

目次

千住
千住大橋
秋葉権現社
向島
料亭「中梅」
浅草寺
浅草奥山
根津権現
上野山
不忍池
神田明神
池之端
神田川
大川橋
番場町
蔵前
源光寺
本所
柳橋
回向院
両国広小路
大川（隅田川）
竪川
日本橋
江戸城
南町奉行所
小名木川
薬師堂
京橋川
永代橋
深川
八丁堀
品川

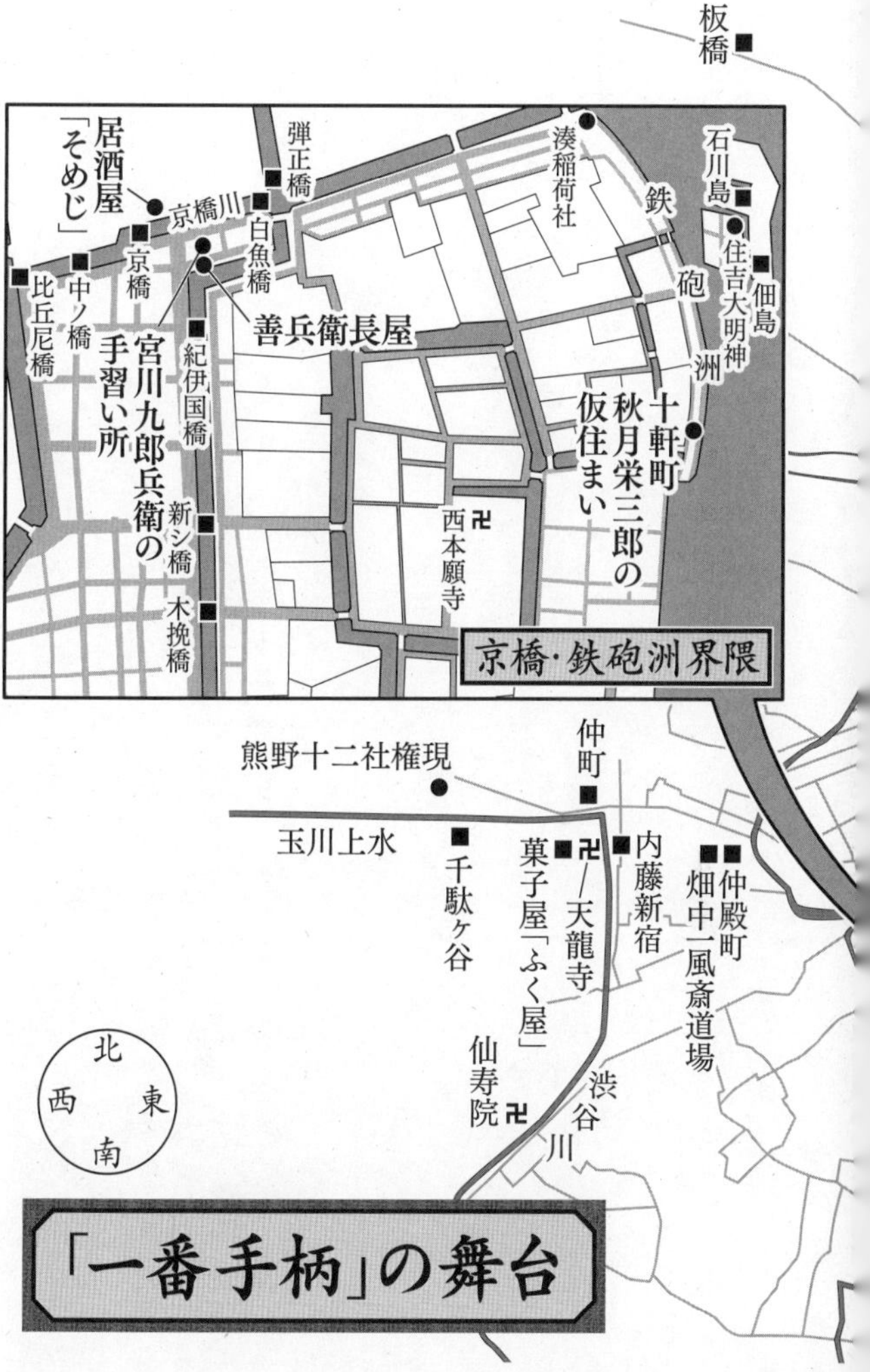
板橋
京橋・鉄砲洲界隈
居酒屋「そめじ」
京橋川
弾正橋
白魚橋
京橋
中ノ橋
比丘尼橋
宮川九郎兵衛の手習い所
善兵衛長屋
紀伊国橋
新シ橋
木挽橋
湊稲荷社
鉄砲洲
石川島
住吉大明神
佃島
十軒町
秋月栄三郎の仮住まい
西本願寺
熊野十二社権現
仲町
玉川上水
千駄ヶ谷
菓子屋「ふく屋」
天龍寺
内藤新宿
仲殿町
畑中一風斎道場
仙寿院
渋谷川
北
西
東
南

「一番手柄」の舞台

第一章

親父《おやじ》殿

一

「やはりな……、そうくると思った……」

陣馬七郎《じんましちろう》は溜息《ためいき》をついた。

「すまぬ……」

秋月栄三郎《あきづきえいざぶろう》は神妙に頭を下げてみせたが、その表情に悪びれた様子はなく、

「このおれに師範代など勤まらぬよ。だが、忘れずに声をかけてくれた七郎の気持ちは、ありがたくもらっておくよ」

爽《さわ》やかな笑みを口許《くちもと》に浮かべ、剣友の厚意に謝した。

その笑顔を向けられると、七郎はそれ以上話を進められなくなり、

「お前はどうしていつもそのように、己《おの》が剣を卑下《ひげ》するのだ」

少し怒ったように言うと、温かな湯気がたっている大振りの椀《わん》を手にして、勢いよくそばを啜《すす》った。

秋月栄三郎と陣馬七郎は、鉄砲洲《てっぽうず》のそば屋で向かい合っていた。

十軒町《じっけん》の海辺にある小体《こてい》なこの店を、栄三郎は気に入っている。

このところ方々住まいを転々としている栄三郎は近くの仕舞屋《しもたや》に仮寓《かぐう》してい
て、そこへわざわざ訪ねてくれた七郎を誘ってやって来たのである。
畳敷の入れ込みは十人も座ればいっぱいになる窮屈《きゆうくつ》さだが、今は他に客もな
く、冬に似合わぬ暖かな日射《ひざ》しが窓から射し込んでいた。
窓の向こうには海が広がり、漁師たちが拠《よ》る佃島《つくだじま》に祀《まつ》られた住吉《すみよし》大明神の社《やしろ》
が鮮やかに見える。
大坂《おおざか》住吉大社鳥居前の野鍛冶《のかじ》の息子として生まれた栄三郎は、店から望むこの
風景が好きなのだ。
七郎は、自分が食べるのに合わせてそばを啜る栄三郎をやれやれといった表情
で見つめると、
「まったくお前は、あれほどの腕を持ちながら、どうして剣客《けんかく》であることにため
らうのであろう……。おれにはさっぱりわからぬ」
今度は呆《あき》れ顔で言葉を続けた。
端整な顔立ちを少しばかり歪《ゆが》める様子に、陣馬七郎の優しさが滲《にじ》み出ていて、
温かなそば以上に栄三郎の心と体をほのぼのとさせた。
「まあ、おれはお前とは違って生まれながらの武士ではない。少しくらい剣を遣《つか》

えるからといって、たかが知れているということだ」

「またそれを言う……。そうやってお前は楽な方へばかり逃げようとする」

「ふッ、ふッ、逃げるが勝ちということもあるではないか」

「ああ言えばこう言う……。まったく苛々《いらいら》させる奴《やつ》だ」

「すまぬ！」

「大きな声で言えば好《い》いものではない……」

口を尖《とが》らせる七郎の目はいつしか笑っていた。

「お前には敵《かな》わぬ……」

秋月栄三郎と陣馬七郎は、かつて本所番場《ほんじょばんば》町で剣術道場を構えていた気楽《きらく》流の剣客・岸裏伝兵衛《きしうらでんべえ》の門下にあって、共に修行に励んだ相弟子であった。

三年前のこと。

師・岸裏伝兵衛は、同門の俊英・飯塚徳三郎《いいづかとくさぶろう》が先年武者修行に出て大いにその名声を轟《とどろ》かせたことに刺激を受け、突如《とつじょ》として道場を畳み、ただ一人で武者修行に旅立った。

その折、内弟子であった栄三郎に、師は幾《いく》ばくかの金子《きんす》と一流の印可を与えてくれた。

「栄三郎、この先はおれもお前も新たな剣の道を求めることとしよう。なに、お前ならすぐに、その道筋を見つけることができよう……」

という言葉を添えて——。

しかし、その後の栄三郎は、その〝道筋〟なるものを見つけられずにいた。

気楽流の他道場から師範代として誘われたり、出稽古《でげいこ》の口がかからなかったわけではなかったが、剣客として身を立てていこうとはせず、時に商家の用心棒などを務めて方便《たつき》を立て、ふらふらと町場に埋《うも》れて暮らしていたのである。

同じく同年の相弟子で、栄三郎と共に岸裏伝兵衛の許《もと》で暮らした剣友・松田新《まつだしん》兵衛《べえ》は、栄三郎の暮らしぶりを廻国《かいこく》修行の先で風の便りに聞き及び、

「真《まこと》にけしからん。栄三郎の奴め、岸裏先生のお言葉を忘れたか……」

とばかりに栄三郎に檄文《げきぶん》を送り、先日上州《じょうしゅう》の気楽流道場へ出稽古に赴《おもむ》いた折に顔を合わせた陣馬七郎に、

「おぬし、江戸に戻るなら、あの馬鹿者を何とかしてくれぬか」

と、強く要請したのである。

七郎にも異存はない。

松田新兵衛と陣馬七郎は、岸裏道場にあって〝竜虎〟と称された一流の剣士

で、二人ともに師と別れた後はその言葉を守り、立派に己が剣を求めていた。

この二人にしてみれば、十五の時から長年剣術修行において苦楽を共にした秋月栄三郎がこの体《てい》たらくでは、どうも納得がいかないのである。

特に、剣一筋で堅物《かたぶつ》の松田新兵衛にとっては、今の栄三郎の暮らしぶりなど到底許されないことで、七郎から話を聞くに、どこぞの廻国修行中の旅先から、仁《に》王《おう》のごとき形相で憤慨《ふんがい》する新兵衛の怒鳴り声が聞こえてきそうであった。

「今度新兵衛に会った時は覚悟しろよ。奴は怒り狂うぞ……」

「だろうな……」

栄三郎は七郎とニヤリと笑い合った。

松田新兵衛の心配も不満も友を思う気持ちゆえのことと、陣馬七郎は江戸に戻った後、幾つか心当たりの剣術道場で稽古をした折に栄三郎の話を持ち出して、それぞれの道場主から秋月栄三郎ならばいつでも師範代として迎えるゆえ、遠慮なく訪ねてくれるようにとの言葉をもらって来たのであるが、件《くだん》のごとく、自分には勤まらぬとこれを栄三郎は断ったのである。

「栄三郎！　おぬしは七郎の骨折りを何ゆえ無にした！　と、まずはおれが怒られ……」

「七郎、おぬしもおぬしだ。栄三郎が昔からいい加減で、何かというと遊びたがる馬鹿者であることはよくわかっているはずだ。首に縄をつけてでも道場へ奴を連れて行くだけの気概《きがい》があったとて好いではないか……！　と、次におれが怒れる……」

「まあ、そんなところだな。ははは、松田新兵衛という男は本当に好い奴だ……」

栄三郎がほのぼのとして頷《うなず》くと、

「ああ、好い奴だ……」

七郎もこれに倣《なら》って、

「うまいそばであった……」

彼は愛刀・一竿子《いっかんし》忠綱《ただつな》二尺三寸五分《ぶ》を手に、ゆっくりと立ち上がった。

「せっかく訪ねてくれたのに、そば一杯ですまなかったな」

栄三郎は代を置くと七郎と共にそば屋を出た。

「栄三郎と会えて何よりだ。おれはこれから蛭川菊右衛門《ひるかわきくえもん》先生の道場に行って、また明日から川越《かわごえ》の方へ旅に出るが、蛭川先生もおぬしのことを気にかけておられたぞ」

蛭川菊右衛門は同じ気楽流の剣客で、岸裏伝兵衛の兄弟子にあたる。

「たまには木太刀《きだち》や竹刀《しない》を取って稽古をつけてもらうことだ。さもないと、せっかく長きにわたって鍛《きた》えた体が鈍《なま》ってしまうぞ」

陣馬七郎はにこやかな表情を浮かべ、栄三郎の肩をぽんと叩《たた》くと、

「思えばおぬしに師範代の話など持ちかけたのは余計なことであった。栄三郎は栄三郎なりに、新たな剣の道を求めているのだろうからな……」

そう言い置いてすたすたと歩き出した。

何事にもさばさばとしていて、歯切れの好いのが陣馬七郎の身上であった。

友であるからこそ、栄三郎が剣客の暮らしから外れると烈火のごとく怒る松田新兵衛の想いもありがたいし、昔から周囲を明るくさせ、何事に対しても当意即《とういそく》妙《みょう》なる答えを有する栄三郎の機智を称し、

「栄三郎ならばこその想いもあろう」

と温かく見守ってくれる七郎の気遣いも胸に沁《し》みる。

会っている間はやたら能弁であるが、別れ際《ぎわ》になるとなぜか知らねど無口になってしまう栄三郎は、しばし黙って剣友の後ろ姿を見送っていたが、

「おいおい、かけがえのない友にかける何か気の利《き》いた言葉はなかったのかよ

「……」

どうせまた、後でそれをうだうだと悔やむことになるのにと、自分に苛々しながら潮風に追い立てられるようにして家路についた。

享和《きょうわ》三年（一八〇三）の冬——。

秋月栄三郎は退屈な日々を過ごしていた。

かつて、道場巡りで大坂へ立ち寄った岸裏伝兵衛に機智と剣才を見出《みいだ》され、江戸へ出て本格的に剣術修行を始めたのが十五の時——遊び心がもたげて稽古を怠《なま》けたこともあったが、師の伝兵衛は栄三郎のそういう稚気《ちき》も含めてかわいがってくれた。

比類なき腕前と知られた剣友の松田新兵衛や陣馬七郎さえも、栄三郎の剣技は決して自分たちにひけはとらぬと認めるほどの剣士にまで、伝兵衛は立派に育ててくれたし、その辺で道場を構える剣客には後《おく》れはとらぬという自負もある。

それが師範代にならぬかという誘いを断り、市井《しせい》の中にどっぷりと浸《つ》かっているのには、栄三郎なりの理由があったのだ。

栄三郎は武士としての自分に絶望していたのである。

野鍛冶の倅《せがれ》が剣術を始めたのも武士に憧《あこが》れたからこそであった。

剣術の腕を磨《みが》き剣客ともなれば、町の出でも名字も帯刀も黙認されるであろう。そうして自分は芝居や講釈に出てくる、強くて義に篤《あつ》い立派な武士になるのだ——。

今思えば真に幼稚で下らない理由だったかもしれないが、まだ子供の頃に見る夢はそのようなもので、無邪気な願望から志《こころざし》を立てる者とて少なくはなかろう。

そして、そういう想いがあったからこそ苦しい稽古にも堪《た》えられたし、剣の上達も叶《かな》ったのである。

しかし、世間から剣客として認められ、少しは落ち着いて周囲を見渡せるようになった頃から、栄三郎は今自分がいるところに違和感を覚えるようになった。

行く先を定め、無我夢中に駆けてきてみれば、何やら思っていたところとはまるで景色が違うような……。そんな気持ちにさせられたのである。

武家社会には権謀術数《けんぼうじゅっすう》が渦巻き、力ある者におもねる袖《そで》の下好きの小役人が武士の見本であると、それくらいは栄三郎とて理解していた。

それでも剣術の世界は違う。ここでは強くて人品卑《じんぴんいや》しからぬ師である岸裏伝兵衛のような者こそが認められる潔《いさぎよ》いものだと信じてきたが、岸裏道場の外へ目を向けてみるとまるでそうではなかった。

剣術の世界でも金と権威に転び、それによって得たわずかばかりの地位や名声を汚い手段をもって守ろうとする武士たちの何と多いことか――。

その結果、何ほどのものでもない剣客が世に〝先生〟ともてはやされ、腕においては自分の足下《あしもと》にも及ばぬほどの剣士が免許皆伝を世間に誇る。

野鍛冶の倅から剣客修行を始め武士を夢見た秋月栄三郎であるからこそ、このような世界に自分が身を置いていることに大きな失望を覚えるのだ。

――何のためにおれは苦しい修行に励んできたのか。

何のために――この言葉が出てくると、人は何をする気も起こらなくなる。とはいえ、もちろんそのようなたわけた剣客ばかりが世にはびこっているわけではない。

「栄三郎、お前は剣術を修めていくことに疑いを抱いているかもしれぬが、他人のことはどうでも好い。剣客たる者、俗世間に惑《まど》わされることなく己が剣を追い求める覚悟がなければならぬ」

岸裏伝兵衛は、たちまち栄三郎の屈託を見抜いてこう言った。

その通りだと思った。

松田新兵衛も陣馬七郎も、世間の馬鹿さ加減に顔をしかめてみても、そんなことに囚《とら》われずに己が修行に没頭できる凄《すご》みがあった。

おれは剣術さえ日々できていれば、それだけで他に望むものなど何もないのだ――口に出さずともそう思うのが当たり前だという気迫が体中から発散されている。

栄三郎は打ちのめされた想いであった。

町の出と馬鹿にされぬよう剣に励んできたつもりであったが、所詮《しょせん》は武士の恰《かっ》好《こう》よさに憧れて剣を志《こころざ》した自分と、生まれながらに武士で幼い頃から武芸を修めるのが勤めだという覚悟が身に備わっている者とは本質が違う。違うからこそ自分は周囲のことがあれこれ気になって、剣の修行そのものの価値をも疑ってしまうのだと気づいたのである。

「だがな栄三郎、稽古に没頭することばかりがこれからの剣客の道でもないぞ。遊び心を持つこともまた大事なことじゃ。幸いにしてと申すべきか、困ったことと申すべきか、お前にはその遊び心が備わっている。遊び心とは世間を知ることじゃ。お前のような者がいてこそ、新兵衛の剣も七郎の剣も、この先世の中で生かされることになるのじゃ」

伝兵衛は、そんな栄三郎の心の動きなど百も承知でこうも言ってくれた。

そしてその言葉が大きな心の支えとなり、世に長《た》けた剣客を目指し何とかやってきたのであるが、伝兵衛が廻国修行に出てしまってからは自分の最大の理解者を失ってしまったという想いに駆られ、栄三郎はすっかりと剣客としての生き方に自信を失っていた。

――つまるところ、おれは腐ったような武士たちの中にあって、己が剣を貫《つらぬ》けるだけの強さを持ち合わせてはいないのだ。

ふらふらと帰路につく栄三郎は心の内で呟《つぶや》いた。

せっかく陣馬七郎が師範代の口を持ってきてくれたというのに、これを断ってしまったことがうじうじと心に引っかかっていた。

――引き受けておけば、親父《おやじ》殿に嘘《うそ》をつかずともよかったものを。

少し前に、本所源光《げんこう》寺の寺男が栄三郎に文《ふみ》を届けてくれた。

いまだかくしゃくとして、大坂住吉大社鳥居前で野鍛冶を営《いとな》む父・正兵衛《しょうべえ》からのもので、近々江戸へ出てくると認《したた》めてあった。

岸裏伝兵衛が道場を畳んでから、しばらく栄三郎は本所源光寺に寄宿していたのだが、近くの旗本屋敷の中間《ちゅうげん》部屋での手慰《てなぐさ》みで二十両ばかり勝ってしまった。

一度勝つとあれこれ誘いが来てわずらわしくなったので、寺を出て浅草八幡宮《あさくさはちまんぐう》の社地《しゃち》に建つ社人《しゃじん》用の小屋を借り受けて住んだのを皮切りに住まいを転々とするようになった。

しかし、その都度《つど》源光寺の弥二郎《やじろう》という寺男にだけは自分の居所を報《しら》せて、文など来たら届けてくれるよう、心付けを渡して頼んであったのだ。

陣馬七郎も弥二郎から今の住まいの処《ところ》を聞いてやって来たのである。が、父・正兵衛は当然のごとく、栄三郎は岸裏道場の閉鎖に伴《ともな》い道場を出て、源光寺に寄宿をしながら方々の剣術道場へ出教授に行って暮らしていると思っている。

といって今さら源光寺に戻ることもできず、つい先日まで住んでいた、柳橋《やなぎばし》の盛り場の裏路地にある猥雑《わいざつ》な居酒屋の二階座敷に正兵衛を迎えることはなおできない。

それで方々にかけ合い、ちょうどこれから二月《ふたつき》ほど草津《くさつ》へ湯治に出かけるという絵師の住まいを借りることになった。

今、栄三郎が向かっている仮寓というのはその仕舞屋なのである。

文の内容から推《お》し量《はか》るに、父・正兵衛が江戸に着くのは三日くらいの後であろう。

何でも、住吉大社に参拝に現れた堂島《どうじま》の豪商の隠居と懇意《こんい》になり、江戸への遊山《ゆさん》に誘われたそうな。

他人とすぐに打ちとけることができるのは正兵衛の特技である。おそらくはその隠居と江戸見物を楽しみ、栄三郎の住まいに泊まろうとはしないであろうが、剣客に相応《ふさわ》しい住まいの体裁《ていさい》は整えておかねばなるまい。

江戸へ出て剣客を目指すと栄三郎が言い出した時、母のおせいも兄の正一郎《しょういちろう》も大いに反対した。

しかし、正兵衛は意外にあっさりとこれを許してくれた。

「正一郎がわしの跡を継《つ》いでくれるのやよってに、お前は好きなようにしたらええ。お前のお蔭《かげ》でわしもおもしろいことに出合えるかもしれへんよってにな」

正兵衛曰《いわ》く、親というものは子供を通して思いもよらぬ冒険ができたり、見聞を広められたりするものである。

同じおもしろいことに出合えるならば、

「武士になるというのも悪うないやないか……」

と言うのである。

大坂の人間独特の弾《はじ》けた発想と現実的な物の考え方が溢《あふ》れていて、真に頬笑《ほほえ》ま

しいが、

「そやけどな、仮にも武士になろうという大それたことをしでかすのや、生半可《なまはんか》な気持ちはたった今から捨てるこっちゃ。わしはお前が剣術遣いになることを許すとは言うたが、心の底では、わしが精魂を込めて続けてきた野鍛冶の仕事には目もくれぬお前にいささか腹が立っていることも忘れるなよ」

という、親許からとび出していく息子への不満を伝えることも忘れなかった。

つまり、上方《かみがた》を離れるからには、自分がこの先大坂の地で息子自慢ができるほどの男になれということなのである。

以来、三十三歳となった今までの間に、岸裏伝兵衛の供をして西国《さいごく》に旅へ出たついでに三度ばかり正兵衛とは顔を合わせたが、その度《たび》に立派な剣客の許で修行に励んでいる息子の姿に安心してくれたものだ。

だが、今度の対面は今までとは違う。

姿は武士の恰好をして両刀を帯びてはいるが、今の自分は剣をもって暮らしていない〝剣客崩れ〟というべきやくざ者でしかない。

それでいて、もうすでに町の者には戻れない秋月栄三郎である。師・伝兵衛に新たな剣の道筋を見つけてみろと言われながら、いまだ道に迷っている現状において、正兵衛に会うのが辛《つら》かった。

——親父殿《おやじ》が来るまでにまだ二、三日はある。まずあれこれ調度を入れ替えて、絵師の家の匂《にお》いを消さんといかんわい。

何かと思ううちに、明石町《あかし》との境《さかい》に建つ仕舞屋が見えてきた。

いかにも絵師など風流人が好みそうな趣《おもむき》のある格子戸《こうしど》をがらりと開けると、

「お帰り……」

少しばかり嗄《しわが》れた声が聞こえてきた。

それは懐《なつ》かしい響きであった。少年の頃、町道場での剣術稽古を終えて家へ帰ってきた時、土間からポツリと聞こえてきたあの声である。

「親父殿……」

声の主は出入り口の向こうの六畳の間に、ちょこんと端座していた。

栄三郎の父・正兵衛であった。

二

「栄三郎、道で踞《うずくま》ってる年寄りを見かけたらなあ、富《とみ》に当たったと思て助けい。何ぞええことが起こるかもしれんぞ……」

　正兵衛は栄三郎の顔を見るや、興奮気味に語り出した。

　いきなり伝えたいことを、前置きもなく話し出すのが正兵衛の癖なのである。

　これに対して身内の者は、どの話をし始めたのか機転を利《き》かせて応《こた》えないと、正兵衛はたちまち機嫌が悪くなる。

「今度、江戸見物に連れてきてくれたという、堂島のご隠居のことか？」

　栄三郎はすぐに見当をつけて応えた。

〝あれのことやけどな……〟〝これがやなあ……〟などといきなり言われても応えられるよう修練を積んだ子供時代の成果が、栄三郎の当意即妙《とういそくみょう》な受け応えを生み出したといえる。

「決まってるやないか……」

　正兵衛はニヤリと笑った。

「一月《ひとつき》前のことやがな。住吉《すみよ》ッさんに朝のお参りに行たら喜《き》ィやんに会《お》うてな」

「喜ィやんて、米搗《こめつ》きの喜八《きはつ》つぁんか」

「決まってるやないか……」

喜八《きはち》は並びの米屋で米を搗いている四十前の男で、正兵衛とは馬が合い、何かというと家の力仕事など手伝ってくれているのだ。

「それでまあ、喜ィやんと二人でいつものように参って帰ったらやな、鳥居の向こうで年寄りが一人踞ってるがな……」

「それで喜ィやんは力持ちやよってに、そのお年寄りを担《かつ》いでもろて、家へ連れて帰ったというわけやな」

「決まってるやないか……」

正兵衛は喜八と二人で俄《にわか》の差し込みに苦しむ老人を介抱したところ、癪《しやく》はすぐに治った。

そしてこの老人こそ堂島でも指折りの米問屋の隠居で、今朝夢で住吉大社へ参るようにとのお告げがあり駕籠《かご》で一人やって来たものの、駕籠屋を帰した途端に癪が起こったという。

隠居は会話にえも言われぬ蘊蓄《うんちく》がある正兵衛と、朴訥《ぼくとつ》で心優しき力持ちの喜八を大いに気に入って、近々江戸へ遊山に行くのだが、ぜひ一緒に来てもらいたいとのことに発展したのである。

「わしも、いっぺん江戸へ行てみたかったよってにな、家の方は正一郎に任せて出て来たというわけやが、喜ィやんはもう、そら喜んでなあ。米搗きの仕事なんぞほっといたらよろしい、江戸へ行て帰ってきたら、堂島の米屋で雇てもろてあげますがな……。ご隠居はんにそう言われて夢心地や」

「そうか、それはよかったなあ……」

栄三郎は愉快に笑った。

久しぶりに会う息子にどう相対せば好いかわからず、とにかくまず四方山《よもやま》話から入って慣らしていこうという正兵衛の意図がわかったからである。

男同士というものは、親しい間柄であればあるほどに照れくささが先に立つものだ。ここは大いに笑ってやるに限る――。

「そう言うたらちょっと前にわしも、道端で癪に苦しんでいるお年寄りのご浪人を助けた」

「そうかいな、ええことがあったやろ」

「いや、名乗ったものの、処を言わずに別れてしもた」

「あほやなあ、もったいないこっちゃ」

正兵衛も愉快に笑った。

照れくささもすっかりとほぐれたようである。

栄三郎も懐かしい上方訛《なま》りで言葉を交《か》わして、父と子の会話の間と調子を取り戻すことができた。

「時に、親父殿は今江戸へ着いたのか」

「いや、一昨日《おとつい》着いた」

「何じゃ一昨日とな……」

「それで本所の源光寺を訪ねてみたら、お前は宿替えをしたというやないか」

「ああ、そうじゃった。まだここへ移ったばかりで旅へ出た親父殿へ報せようがのうてな」

「わしも江戸見物の付き合いに忙しいし、寺の弥二郎殿から話を聞くに、鉄砲洲はえらい遠いとのことゆえ今日にしたというわけじゃ」

「それは忙しいところ申し訳ございませなんだな……」

「いや、無理もない。ご隠居は気の急《せ》くお人で旅を急がれてな。思いのほかに早《はよ》う着いたゆえに、お前もびっくりしたやろ」

「ああ、びっくりしましたわ」

「あれこれ父親の目を欺《あざむ》く用意も整わぬうちに、不意を衝《つ》かれたというところか」

「そんなことはおませんけどな……」

栄三郎は、内心どきりとして言葉を濁《にご》した。

職人気質《かたぎ》の野鍛治である一方で、どこか飄々《ひょうひょう》として、さりげなく人の心裡《しんり》を衝いてくる父・正兵衛は健在のようである。

改めて栄三郎の仮寓を見回しながら、

「お前、なかなか粋《すい》な所に住んでいるやないか……」

と、意味ありげに言った。

忘れていた。家の内には絵師が住んでいた〝匂い〟が残ったままであったのだ。

なかなかに落ち着いた住まいではあるが、父の江戸来着を知り、急場を凌《しの》がんとして息子はここへ移ったのではないかと、たちまち正兵衛は見破ったのであろうか――。

「心配すな。わしはここに寝泊まりするつもりはない」

「そんなこと言わんと、いつでも泊まりに来てくだされ」

「泊まれるかいな。わしは今、堂島のご隠居と一緒に向島《むこうじま》の料理屋に逗留《とうりゅう》しているのやで」

「そんならあほらしいて、こんな所に泊まってられませぬわなあ……」

「そんなところや」

「向島の料理屋に逗留とはよろしゅうござりましたな」

「お前にとってもな」

正兵衛はちょっと睨《にら》みつけるようにして、栄三郎に頰笑みかけた。

〝お前、いい、いちびったことしてたらあかんぞ……〟

子供の頃、栄三郎の悪戯《いたずら》や悪ふざけを叱《しか》る時の、温かくて滋味に溢れた眼差《まなざ》しである。

「とんでもない……。しばらくぶりやというのに、一緒におられぬとは寂《さみ》しゅうござりますわい」

栄三郎は少しとぼけてこれに応えた。

「しばらく江戸にいるよってに、またちょくちょく来るがな」

「そうしてくだされ」

「ふッ、ふッ……」

正兵衛は、相手の腹を探りつつ話ができるように成長した息子とのやりとりを楽しんでいるようであった。

「それで、次にお前と会うまでに頼んでおきたいことがあるのや」

「頼んでおきたいこと……？」

「昨日、江戸にいる昔馴染《なじ》みを訪ねてな、あれこれ話に華《はな》が咲いた」

「ほう、親父殿に江戸の昔馴染みなどおりましたか」

「ああ、洞穴《ほらあな》の源蔵《げんぞう》というおもろい男じゃ」

「江戸のお人なら、教えておいてくだされたら一度くらい訪ねましたものを」

「お前も剣術修行に忙しい身じゃ。源蔵はんはわしの存じ寄りで、お前の存じ寄りではない。それで言わなんだ」

「なるほど、確かにそうでござりまするな」

正兵衛らしい割り切ったものの考え方に、栄三郎は大きく相槌《あいづち》を打った。

「そやけど、今度ばかりは訪ねて世話を焼いてやってもらいたいのや」

「親父殿に代わって？」

「わしは堂島のご隠居の付き合いに忙しいやないか」

「なるほど……」

「お前は、岸裏先生の傍《そば》を離れてから暇《ひま》にしているそうやないか」

「いや、そういうわけでも……」

「隠さんでもよろしい。岸裏先生から文が届いた」

「先生から……」

「松田新兵衛殿が先生の居所を訪ねて、近頃のお前の暮らしぶりを報せたとか」

「新兵衛め、いらぬことを……」

栄三郎は歯嚙《はが》みした。

ここに仮住まいを求めたことも、正兵衛に心配をかけまいとあれこれ取り繕《つくろ》おうとした方便も、すべてが無駄になったではないか――。

どんな時でも松田新兵衛が言うことに嘘がないことを、正兵衛はよく知っているからである。

「怒るでない。好い友達やないか」

「それはまあ……。面目《めんぼく》ないことで……」

三十を過ぎた息子をやり込めて、それはそれで正兵衛は楽しそうであった。

「先生はな、栄三郎のことゆえ何があったとて心配はご無用にと、文に書いて寄《よ》越《こ》されたわ」

「先生がそんなことを」

「ああ、剣客の世界から一旦遠ざかることで、栄三郎は己が剣の道筋を見出しているに違いないとのことじゃ」

「そうでござりましたか……。岸裏先生がそんなことを……」

どこまでも自分のことを見守っていてくれる師の恩情に、栄三郎の胸に込みあげるものがあった。

「武士になると言うて大坂を出たお前が、師範代の口も断ってうろうろしているというのも腹だたしいことやけど、まあ、先生がそない言うてはるのやよってに、そういうことにしておこう」

正兵衛は師の想いに胸を熱くさせている栄三郎を見て、暮らしは荒《すさ》んでいたとしても息子の心は荒んでいない——そう確信してほっとしたようだ。

「源蔵はんのことに話を戻そう」

と、声を弾《はず》ませ、少しばかり湿っぽくなったその場の様子を再び活気づけた。

それは栄三郎にもありがたかった。

「ああ、そうでおました。親父殿に代わって、世話を焼けとのことでござりましたな」

かくなる上は頼み事を聞くことで、正兵衛の機嫌を結んでおこうと膝《ひざ》を乗り出した。

「その、洞穴の源蔵という人は何者で」

「さて、それがまた、一筋縄《ひとすじなわ》ではいかぬ男でな……」

正兵衛は少しもったいをつけて声を低くした。

「表向きはな、天龍寺《てんりゅう》門前で菓子屋を営む〝ふく屋〟という店の隠居であるがな、裏へ回っては火付盗賊改《ひつけとうぞくあらため》というお役所の手先を務める身じゃ」

「ほう、それは大したものでござりまするな」

栄三郎は唸《うな》った。

火付盗賊改方《かた》といえば町奉行所とは別に江戸の治安を司《つかさど》る役目で、奉行所が〝役方《やくかた》〟という文官であるのに対して〝番方《ばんかた》〟と呼ばれ、戦時において先鋒《せんぽう》を務める御先手組《おさきてぐみ》の中から加役として就任する。

つまり火付盗賊改方は武官であり、元々は侍の犯罪を取り締まる憲兵のような役割を担《にな》ったことに始まったというから、その詮議《せんぎ》、取り調べは苛烈《かれつ》で、世の悪党どもを震えあがらせている。

その手先を務めるとなると、確かに一筋縄ではいかぬ隠居に違いない。

「若い頃の源蔵はんは、二親《ふたおや》に早いこと死に別れてな。お決まりのようにぐれてしもて、江戸で悪さをして暴れていたそうや……」

それがこじれて破落戸《ならずもの》同士の大きな争いに巻き込まれ、源蔵は大坂へと身を寄せた。

二十四歳の時である。

正兵衛とはその折に知り合った。

今でこそ大坂の住吉界隈《かいわい》では穏《おだ》やかな人柄で知られる正兵衛であるが、若い頃はそれなりに盛り場悪所をうろついて俠勇《きょうゆう》を競ったこともあった。

栄三郎の母・おせいと所帯を持った後もなかなかおとなしくならずに、栄三郎がまだ幼い頃は堀江《ほりえ》辺りでよく遊び、おせいを随分と怒らせたものだ。

源蔵はその堀江に流れてきて町をうろうろとしていたのだが、正兵衛がうっかりと落とした財布を拾ったことから親しくなり、以後正兵衛は、大坂に不案内な源蔵に職を世話してやったりあれこれ世話を焼いた。

源蔵はそれから三年ばかりでほとぼりが冷めた頃だと江戸へ戻り、恩を受けた正兵衛には時折文を送ってきた。

それによると、江戸へ戻った後は所帯を持ち菓子屋を営み、幸せに暮らしているとのことであった。

「それが訪ねてみたら、いつの間にやら火付盗賊改の手先を務めていたというよってにびっくりしたがな」

「それは、お上《かみ》の御用を務める身じゃよってに、おいそれとそんなことを文には認められぬと思たのでござりましょうな」

「まあ、そういうところやな」

正兵衛は顎《あご》に手をやった。それが彼の深く思案する時の癖であった。

「それで、わしはいったい、どんな世話をさせてもろたらよろしいので……」

相手の隠居が一筋縄ではいかぬ火付盗賊改方の手先と聞いて、栄三郎は訊《たず》ねる声に力を込めた。

「まあ、そないに大層なことやないのや。源蔵はんは今、黒塚《くろづか》の紋蔵《もんぞう》という盗人《ぬすっと》を追いかけているそうな」

「黒塚の紋蔵……？　聞いたことがある。生きているか死んでいるかわからぬと言われている大盗人じゃ……」

「そうらしいな。その盗人に、源蔵はんが差口奉公《さしぐちぼうこう》をしていたという与力の旦那《だんな》はんが殺されたと言うのや。そやけど、いくら旦那の仇《あだ》でも源蔵はんももう五十五や……」

昨日、天龍寺門前の店へ源蔵を訪ねた折に、息子・福太郎《ふくたろう》の嫁・お恵《けい》が正兵衛にそっと告げたところでは――。

ている。源蔵は数年前から胸を病んでいて、医者からは無理をしてはいけないと言われているらしい。

しかし、源蔵はそんな言葉には耳を貸さず日々動き回り、息子夫婦は随分と案じているのである。

「というても、息子夫婦も商《あきな》いが忙しいよってについて回るわけにもいかんし、源蔵はんに気の利いた乾分《こぶん》がいるわけでもない。まあそこで、お前が源蔵はんと親しゅうなって、それとのう様子を見てやってもらいたい……。こういうことや」

「なるほど。何とのう話はわかりましたけれど、火付盗賊改の手先を務めるような人のことじゃ。なかなかに気難しいて、わしなどに気易《きやす》うしてくれるかどうか……」

「お前は昔から年寄りに好かれる男じゃ。大事ない。源蔵はんもお前に会いたがっていたし、様子を見るというても一日中ついて回れとは言わんし、一月《ひとつき》ほどのことじゃ」

昨日、正兵衛が源蔵を訪ねた折、源蔵は大喜びで店の近くの料理屋へ正兵衛を誘ってあれこれと世間話をした後、火付盗賊改方に差口奉公していた事実を告げ

ていなかったことを詫《わ》びて、

「こいつはあっしの道楽みてえなもんでしてね……。随分と店を放《ほ》ったらかして、死んだ嬶《かかあ》と倅に苦労をかけたものでございます。だが正兵衛の親方、それも今年いっぺえ……。今年いっぺえでやめるつもりなのでございますよ」

と、日頃能天気な彼にしては珍しく神妙な顔を向けたという。

「それが何やしらん、気にかかってなあ。倅が江戸で剣客の真似事《まねごと》をしているよってに、何ぞの折には役に立たせてやってくれ……。そう言うて別れたわけや」

正兵衛は話し終えると、栄三郎の前に小粒金《こつぶきん》をぱらぱらと置いた。

「二両ある。とっとき……」

「いやいや、親父殿……」

栄三郎は慌《あわただ》しく頭《かぶり》を振った。

「三十過ぎた息子が、親から小遣いをもらえますかいな」

ちょっと前に博奕《ばくち》で二十両勝ったので、当面暮らしに困ってはいない……。さすがにその言葉は呑《の》み込んで、栄三郎はこの金を固辞したが、

「いや、こっちも頼み事をするのや。息子であっても、渡すもん渡しとかんと後生《ごしょう》が悪い。ええよってにとっとき……」

「そんならこの金で、何ぞ酒と肴《さかな》を仕入れてくるよってに、ちょっと待っていてくだされ」

「ちょっと待てん。わしはこれから……」

「堂島のご隠居の付き合いがおますのか？」

「決まってるがな。栄三郎、わしはこれで去《い》ぬよってに頼んだぞ。また来るわ。ほなさいなら……」

正兵衛はその言葉と二両分の小粒金を残すと、そそくさと立ち去った。

「ちょっと親父殿……」

正兵衛は振り向きもしない。

しかしその背中からは、

「何年も会《お》うてへん息子といきなり酒を酌《く》み交わして、あれこれ何を喋《しゃべ》るというのや。そんなもん照れくさいわい」

だとか、

「息子に小遣いやる楽しみを邪魔されて堪《たま》るかいな」

などという声が放たれているのが栄三郎には聞こえてきた――。

三

四谷《よつや》天龍寺は山号を護本山《ごほんざん》という。遠江国《とおとうみ》、天竜川《てんりゅう》のほとりにあった徳川《とくがわ》家二代将軍・秀忠《ひでただ》の生母・西郷《さいごう》の局《つぼね》の父・戸塚忠春《とつかただはる》の菩提《ぼだい》寺《じ》であった法泉《ほうせん》寺がその前身で、家康《いえやす》の入府に際し江戸へ移された由緒正しき寺院である。

〝時の鐘〟が有名で、江戸の中心部から外れているために同じ時刻でも他の寺より早く鐘を鳴らしたので、内藤新宿《ないとうしんじゅく》の遊客からは〝追出しの鐘〟と呼ばれ、恨《うら》まれたという。

「ああ、ついてねえや……。こんなことなら鉄砲洲なんぞに移るんじゃなかった……」

父・正兵衛と久しぶりの対面を果たした翌日。

秋月栄三郎は約束通り洞穴の源蔵を訪ねんとして、天龍寺門前の菓子店・ふく屋を求めてやって来た。

正兵衛は、

「源蔵はんと親しゅうなって、それとのう様子を見てやってもらいたい……」

などと言っていたが、一月《ひとつき》とはいえ、これから足繁《しげ》く鉄砲洲から足を運ぶには天龍寺は遠かった。

「いっそ、内藤新宿の気の利いた所から通うとするか……」

ぶつぶつとぼやく言葉は上方訛りから江戸のものに戻っていた。

思えば大坂に暮らした歳月よりも、江戸での日々が長くなっていた。

花は桜木、人は武士──。

憧れの武士になるためには江戸で剣術修行をするしかないと思って出てきて姿ばかりは武士となったが、博奕の金で道場から遠ざかって暮らしている自分はいったい何者で、どこへ向かって進んでいるのであろう。

町場に埋れて暮らすならば大坂にいたとて同じではないか。

栄三郎の脳裏《のうり》にそんな想いがよぎった時、玉川上水《たまがわじょうすい》の岸辺に趣のある菓子店が見えた。

真白き水引暖簾《みずひきのれん》に〝福〟の字が染められていて、店先に置かれた長床几《ながしょうぎ》には緋毛氈《ひもうせん》が敷かれてある。

その店がふく屋であった。

道行く人を捉《とら》えて訊ねると、ふく屋では〝福おこし〟という興米《おこし》が名物だそうな。

これは餅米《もちごめ》を煎《い》って水飴《みずあめ》でこね固め、竹筒に搗き込めた後に押し出して作るものので、水飴に出島糖《でじまとう》を加える加減が絶妙で人気を呼んでいるという。

店を始めた頃は草餅を出す掛茶屋であったのが、主《あるじ》の源蔵が上方にいた頃に、今評判になっているが当時はまだ出始めであった〝石《いわ》おこし〟なる菓子を知り、試しに真似て作ってみたのが評判をとり、次第に菓子店として繁盛《はんじょう》するようになった。

しかし、発案はしたものの、苦心の末にそれを商売物として作り上げたのはほとんどが源蔵の女房・お福《ふく》の功績であり、名物として世に広めたのは息子の福太郎とその嫁のお恵である。

源蔵はというと、店のことを放り出して日々どこかへ出かけ、帰ってこないこともしばしばで、

「まあ、悪い人ではないのですがねえ……」

などと、人からの評判はあまり芳《かんば》しくはない。

それと共に、栄三郎が源蔵を訪ねるのだと言うと、

「はあ、左様《さよう》で……。なるほど、源蔵さんをねえ……」

皆一様に何か言いたそうな表情となって、最後にはふっと笑うのである。

――いったいどんな男なんだよ。

栄三郎は少し不安になってきた。

源蔵が店を放ったらかしにして妻子に苦労をかけたことは、源蔵自身が述懐し心を痛めていると、昨日、正兵衛から聞かされた。

だがそれは火付盗賊改方への差口奉公によって生じた人生の悲哀というべきものので、源蔵は遊んでいたのではなく、お上の御用を務めていたのであるから世間に対しては何恥じることではない。

それがどうも、この天龍寺門前界隈では、源蔵の名を語る時に、少しばかり言葉や表情に揶揄《やゆ》が含まれるように思われる。

正兵衛から聞いて頭に思い浮かべた、若き日の放蕩《ほうとう》を恥じて、その放蕩によって得た知識をお上の役に立てんとしていまだに差口奉公を続ける苦《にが》み走った男――そんな源蔵の人となりが崩れていく思いがしたのである。

――親父殿が言うことは、時に浮世離れをしていることがあるゆえにな。

店の前に立つと、福おこしを買い求める客、床几に腰を掛けてこれを食し、茶を注文する客で賑《にぎ》わっていた。

五坪ばかりの土間の奥には六畳の帳場があり、その傍の土間に続く通路は暖簾口になっていて、その奥に菓子の調理場と茶釜が設《しつら》えてあるようだ。

土間と座敷の間には福おこしが並べられた台が置かれ、そこには紺地《こんじ》に折枝紋《おりえだもん》を散らした前垂れをつけた女房風の女がいて、十五、六の小女《こおんな》二人を巧《たく》みに使いこなして店を切り盛りしていた。

この女房が、源蔵の息子・福太郎の嫁なのであろう。

「ごめんくだされ、お恵殿でござるかな……」

栄三郎は穏《おだ》やかな武家言葉でまず声をかけてみた。

「はい、左様《こそ》でございますが……」

綿入《わた》れの小袖に袖なし羽織、袴《はかま》をはき、両刀を帯びた武士の俄の訊ねに、お恵は一瞬面喰《めんく》らったようであったが、

「やはりな……。いや、某《それがし》は……」

と、栄三郎が名乗るまでもなく、

「ああ、これは……、秋月栄三郎様でございますね」

お恵ははしゃぐように言った。

「ほう、わかったかな……」

歳《とし》の頃は二十五、六で、少し浅黒い顔がいかにも快活で利口そうなお恵に頰笑まれると、栄三郎は何やら嬉《うれ》しくなって眼尻《まなじり》を下げた。

父・正兵衛の顔を立てて、立派な剣客の風を装《よそお》わねばならぬと思ってここまで来たが、正兵衛は栄三郎のことを、

「剣客というたかて野鍛冶の倅ですがな。剣術の稽古よりも遊び回るのが好きなあほでござりましてな。訪ねてきても気を遣わんようにしてくだされや……」

などと、源蔵の家人に伝えてあったのであろう。

お恵の目にはそんな親しみが籠《こ》もっている。

「正兵衛さんによく似ておられます」

「そうか……、どの辺りが？」

「その、少し面長《おもなが》のお顔立ちと切れ長の眼に、声などはもうそっくりでございます」

「顔立ちに眼に声か、う〜む……」

「あ、これはご無礼を……」

慌《あわ》てて口を押さえる仕草も嫌みがなく、すっかりと栄三郎を和《なご》ませた。

「はッ、はッ、構わぬよ。親父に似ていると言われるのは随分と久しぶりでな。

ちょっとばかり照れくさいが、なかなか好いもんだな」

「そう言って頂けますと、嬉しゅうございます……」

お恵もまた、栄三郎が正兵衛の気性《きしょう》に似て、優しくてくだけた剣客であると見てほっとしたようである。

「親父に言われて、早速こちらの親父殿に会いに来たよ」

「それは畏《おそ》れ入ります……。こんなに早く来てくださるとは思ってもいませんで……」

お恵は嬉しさの中に少し戸惑《とまど》いを滲ませて、

「お父つぁんは今出かけておりますが、すぐに戻って参りますので、とにかくお待ちくださいますか」

と、縋《すが》るような目を向けた。

あれこれ栄三郎に話したいことがあるものの、源蔵のことについて嫁の自分が出しゃばってはならぬという配慮なのであろうか、まず主人を呼んで参りますので、と言った後は何も語らず、その場を小女に預けて、栄三郎を店の裏手にある源蔵の居室へと案内した。

源蔵が暮らす部屋は隠居所らしく、店の裏手にある木戸を潜《くぐ》って小庭から入れるようになっていた。

置床《おきどこ》、長火鉢、行灯《あんどん》、仏壇の他は調度といって何もない殺風景な六畳の一間であるが、部屋の隅《すみ》には木太刀と六尺棒《ろくしやくぼう》が立てかけられてあり、少しばかり武芸をかじっている様子が窺《うかが》われる。

お恵は名物の福おこしを茶に添えて栄三郎に勧め、

「うちの人がすぐに参りますので、今少しお待ちくださいませ……」

小さな声で言ってその場を下がったが、その際に、

「あれこれうちの人がお父つぁんのことを悪く言うかもしれませんが、どうか聞き流してやってくださいませ。わたしは、秋月先生を頼みに思っております……」

そう言い残した。

「なるほど……。親父殿がおれにあれこれ世話を焼けと言うたはそういうことか……」

栄三郎は洞穴の源蔵という男が思った以上に変わり者で、息子の福太郎とも不和なのではないかと察した。

それをこの辺りの者たちはおもしろがり、旦那と舅《しゆうと》の間に立ってお恵は苦労

している——正兵衛が自分に様子を見てやれと言ったのは、栄三郎の存在が行き違った父子の間の橋渡しの役目を担えればという期待を含んでのことではなかったのか、と思われたのである。

そうだとすれば、

——親父殿、勘弁してくれ。

栄三郎は心の内でうんざりとした声をあげた。

いくら自分は堂島の隠居との付き合いが忙しいからといって、ひどいではないか。

昔から人に悪戯を仕掛けてはおもしろがる癖があったが、栄三郎が剣客の道を挫折したと知って、罰としてこのようなことをさせたのであろうか——。

「どうせお前は暇じゃよってに、わしの顔を立てて人の世話を焼けということか」

栄三郎はそう独《ひと》り言《ご》ちて、福おこしをつまんで口に入れた。

「うまい……」

興米《おこし》特有の歯応えに加え、口中にまろやかな甘味が広がり、一瞬、栄三郎を幸せにした。

福おこしとはよく言ったものだ。

源蔵の亡妻・お福の名を屋号にも菓子の名にも残したのであろうが、名物というのも頷ける。

思えば一昨日、正兵衛がこの菓子店に源蔵を訪ねながら、昨日福おこしを栄三郎の住まいに持参しなかったのは、

「この先、飽《あ》きるほど食べることになるわい」

ということであったのかもしれなかった。

「とはいえ、今のおれは何ひとつ親父殿に偉そうな口は利けぬ。利けぬゆえに癪にさわるわい……」

栄三郎がまた独り言ちて福おこしを口に放り込んだその時――。

「源蔵の倅の、福太郎でございます……」

部屋へ福太郎が入ってきた。

四

「いや、本当にありがたいことでございます……」

一通りの挨拶《あいさつ》を済ませると、福太郎はいかにも菓子店の主に相応しいふくよかな体を縮《ちぢ》ませて、ひたすら恐縮の体《てい》を見せた。

「正兵衛さんは親父の体のことを気遣ってくださいましてね。それでまあ、こうして先生もここへ来てくださったのでございましょう」

「ああ、何といっても盗人の探索をする身のことだから無理があってはいかぬゆえ、それとなく様子を見守るようにと言われたのだが、余計なことであったかな」

「いえ、とんでもない……」

「正兵衛という親父殿は世話好きだが、それが過ぎることもあるのでな。おれも源蔵殿に会う前に、まずお前さんに訊《き》いておこうと思っていたところでな」

「はい、ありがとうございます。わたしもまた、あれこれお耳に入れておこうと思っておりまして……」

「それはよかった」

すでにお恵から耳打ちされていたのであろうが、実際に会ってみて、栄三郎が話しやすく親しみの持てる剣客だと知り、福太郎は大きく息を吐いて感じ入った。

「先生に様子を見て頂けるというのは、手前どもにとっては真にありがたい話なのでございます。決して親を粗末に扱っているわけではないのですが、わたしどもの手に負《お》えるような男ではございませんで……」

「それはそうだろうよ。ここの親父殿は、火付盗賊改に差口奉公をしているというくらいだからな」

栄三郎は大きく頷いて、少し声を潜《ひそ》めた。

その言葉を聞くと、福太郎は少し顔をしかめて、

「さて、そのことなのでございます」

申し訳なさそうに栄三郎を見た。

「うちの親父は正兵衛さんに何と言っておりましたのでしょう」

「それは……、何年か前に火付盗賊改の与力の旦那が黒塚の紋蔵という盗人に殺されて、その仇《かたき》を取りたい一心で、源蔵殿は日々探索に努めていると……」

「なるほど、やはりそう言っておりましたか」

「そうではないのかい」

「まあ、その、日々探索に当たっているというのは本当のことなのでございますが、今はもう、どなた様からのお指図も受けてはおりませんで……」

「てことは何かい、勝手に盗人《ぬすっと》の行方を追っているってことかい？」

「そうなのでございます」

福太郎の話によると、黒塚の紋蔵に襲われ命を落としたのは火付盗賊改方与力・柊木《ひいらぎ》政右衛門《まさえもん》という。

政右衛門は、上方から江戸へ戻った後、昔の悪い仲間につきまとわれていた源蔵を助けてくれた恩人であった。

そのお蔭で源蔵は所帯を持つことができたし、小さいながらも天龍寺の門前で掛茶屋を開くことが叶ったのである。

やがて源蔵夫婦が営む掛茶屋は菓子店へと発展するのだが、源蔵は政右衛門の恩を忘れずに、せっせと菓子を柊木家の組屋敷へ届けたものだ。

そういう源蔵を、心優しき剛健の士・柊木政右衛門は歳も近かったことから贔屓《ひいき》にしてくれたのだが、この頃はまだ火付盗賊改方の加役には就いておらず、御先手組与力として江戸城諸門の警備などに当たっていた。

それが、源蔵と出会った三年後、今から二十五年ほど前に、柊木政右衛門は火付盗賊改方与力として加役を仰《おお》せつかることになり、持ち前の剛勇と正義感でたちまち数々の手柄をあげたのである。

源蔵は嬉しくなり、

「旦那様、是非あっしにも一肌脱がせておくんなさいまし……」

などと言って、菓子を届ける度に願い出た。

かつては悪所をうろついていたこともある。その時の手蔓《てづる》をたぐれば、あれこれ咎人《とがにん》の捕縛につながる噂《うわさ》話など仕入れることができるというのだ。

しかし政右衛門は、

「火付盗賊改の手先など務めたとて、苦労をするだけだ……」

せっかく悪い仲間から離れて所帯を持ち、子を生《な》し、菓子店まで開く身になったのだから、そんなことに関わるな、気持ちだけもらっておくと相手にしなかった。

それでも源蔵は引き下がらなかった。

「あっしはどうあっても、旦那様のお役に立ちてえんでございます」

あまりにしつこく言うものだから、情に篤い政右衛門はついにこれを許した。

「だがな源蔵、お前に危ない探索はさせぬぞ。おれが命じた通りに、探索の手掛かりとなる聞き込みを頼もう」

という条件付きの下《もと》でのことであった。

それから源蔵は嬉々《きき》として聞き込みなどの務めを果たした。火付盗賊改方という役儀は御先手組の加役であるが、政右衛門は犯罪捜査に優秀で、頭《かしら》が替わっても長く与力として留め置かれたので、源蔵の差口奉公も日々の勤めとなったのだ。

「そうは言っても先生、親父は大したことは何もしていないのでございますよ。おれはお上の御用があるからよ……、などと二言目《ふたこと》には恰好つけておりやしたが、柊木様の周りのお方からは、変わり者の菓子屋のおやじとしか見られてはおりませんでした……」

語るうちに、福太郎の表情にはやりきれなさが浮かんできた。

柊木政右衛門の戒《いまし》めも耳に入らず、源蔵は店も妻子も放ったらかしにして、聞き込みの役目に馬鹿がつくほど没頭したとみえる。

「そのうちにおっ母さんは、苦労を重ねたのがたたって五年前に死んでしまいまして、三年前には柊木様が残念なことになっちまいました……」

「その柊木様のご子息は今……」

「へい、政之介《まさのすけ》様という跡継ぎがおいでてございますが、火付盗賊改のお役には就いておられません」

「そうか……。ということは、源蔵殿に差口奉公を命ずるお方は誰もおらぬということか……」

「そういうことなのでございます……」

福太郎は溜息をついた。

「ではこの三年の間、源蔵殿はただ一人で柊木の旦那の仇を討とうとして、賊の探索に当たっているということか」

変わり者どころか、焼きが回ったとしか言いようがないと、さすがに栄三郎も呆れた。

ここへ来る道中、源蔵の名を口にすると、ことごとくが何ともいえぬ笑みを浮かべたことが頷けた。

「うちの親父は、おっ母さんと柊木様に次々と死なれて、頭がいかれてしまったのに違いありません」

それが証拠に、このところ源蔵は誰彼構わず有り得るはずもない昔話をするようになった。

昔から自慢話が多かったが、このところのそれは法螺《ほら》話としか言いようのないものばかりとなった。

初めのうちこそ源蔵独特の座興だと思って話芸を楽しむがごとく耳を傾けてくれたものの、子供にさえ馬鹿にされるような法螺話に、誰もが次第に顔をしかめるようになった。

洞穴の源蔵という名は、かつて山へ逃げ込んだとされた盗賊一味の足跡を追うのにただ一人で三日の間洞穴で雨露をしのぎ探索に当たったことを、賞讃とからかいの意味を含めて他の差口奉公の連中から呼ばれたものであった。

それが今は、〝法螺吹きの源蔵〟と言われて失笑を買っているのだ。

本来ならば、召し使ってくれる役人もいないのに、あたかもお上の御用を務めているかの振舞は咎められるべきものであるが、慕《した》っていた旦那の死が信じられずに頭の方がおかしくなって、ただ一人で捕らえられるはずもない大盗《だいとう》の姿を追い求めている姿は哀れであり、火付盗賊改方に勤める者たちは見逃してくれているようだ。

もっとも、源蔵の存在を知る与力や同心は元よりほとんどいないし、いたとしてもこの三年の間に加役を終えて御先手組の勤めに戻っているから、何かの拍子《ひょうし》に、

「その振舞、けしからぬ！」

ということになるかもしれない。

「親父は持病を抱えておりますし、先生みたいなお方に構って頂けたらこれほどありがたいことはありませんが、わたしも何やら、正兵衛さんが人の好いのにつけ込んだようで申し訳なくて……」

福太郎はまた小さくなった。

「それゆえに、まずこのおれには、はっきりと源蔵殿のことを伝えておこうと思ってくれたのだな」

まさかすぐに正兵衛の剣客の息子が訪ねてくれるとは思いもよらぬことで、源蔵が出かけているのを幸いに耳打ちしに来てくれた福太郎の気持ちが嬉しくて、栄三郎はにっこりと頰笑んだ。

この男の笑顔には何とも言えぬ情と愛敬《あいきよう》が入り混じっていて、頰笑みかけられるとちょっとばかり浮かれた気分になる。

「どうせうちの親父はどこで野垂れ死んだって文句が言えた義理じゃあない男なのですから、お気に召さねばどうぞ今からでも遅くありません、関わり合いにならない方が先生のお為《ため》じゃあないかと存じまして……」

福太郎はありったけの笑みを返しながら言った。

「といって、源蔵殿に会《お》うて帰らねば、おれも親父殿に叱られる。この栄三郎はあれこれ親父に弱みがあってな。それに、そういうことならば危ない目に遭《あ》うこともあるまい。かえって気が楽だ」

「左様でございますか……。ありがとうございます……」

福太郎が深々と頭を下げた時であった。

庭の方から人が来る気配がした。噂の源蔵が戻ってきたようだ。

「それでは先生、よろしくお願いします」

「心得た」

「親父はまず〝大蛇〟の話をし出すと思いますが、これはもう、聞き流してくださいませ……」

福太郎はそう言い置くと、そそくさと店の方へと戻っていった。

「大蛇の話……？」

その入れ替わりに、洞穴の源蔵が部屋へと入ってきた。

「いやいやこいつは驚いた！　今表でお恵に聞きやした。本当にお越しになるとはありがてえ……。へい、源蔵でごぜえやす！」

源蔵は賑《にぎ》やかに声をあげて栄三郎の前に座ると、恭《うやうや》しく頭を下げた。

――これが源蔵か。

背はさほど高くはないが、日に焼けた顔は五十五歳の年齢を思わせない張りがあって、なかなかに体軀《たいく》は引き締《し》まっている。

その様子には、大事な者を次々に亡くして悲嘆にくれる哀れな年寄りの影はまったく見えなかった。

――だからこそ、頭がおかしくなったというべきか。

栄三郎はどうなることかと大きく息を吸って、

「秋月栄三郎でござる……。とはいっても、最早《もはや》知っての通りの野鍛冶の倅ですよ！」

負けじと勢いよく応えた。

「いや、正兵衛の親方は正兵衛の親方。先生は先生だ。あっしは先生と呼ばせてもらいますよ」

源蔵は一目《ひとめ》会って栄三郎の飾らぬ人柄を気に入ったようで、入ってきた勢いそのままに喋り続けた。

「いや、それにしても冬というのにこのところは好い日和《ひより》でございますねえ。でもこうあったけえと、先生、気をつけておくんなさいましよ。春が来たと勘違《かんちげ》えして、思わぬ野郎が起き出したりしますからねえ……」

「思わぬ野郎……？」

栄三郎が首を傾《かし》げると、源蔵は真顔になって、

「以前、あっしが山の中で盗人の行方を追っていたら、さっきまでの好い天気が一転、雨が降ってきましてね」

「で、洞穴へ逃げ込んだ……」

「よくご存じで」

「洞穴の源蔵の名の由来は聞いたよ」

「畏れ入りやす……」

栄三郎の言葉に、源蔵はますます調子に乗って、

「するとおあつらえ向きに、洞穴の中には六畳ほどもある円座《えんざ》が敷いてありやした」

「こんな時のためにと、誰かが敷いてくれていたのだな」

「あっしもそう思って円座の真ん中に座ってみたら、いつの間にか体が宙に浮いていくじゃあありやせんか……」

「体が宙に浮いた？」

「へい、よく見ると円座だと思ったのは、大蛇がとぐろを巻いていたところで、あっしが座ったのはその頭だったんでさあ……」

――なるほど、これが大蛇の話か。

福太郎は聞き流せと言ったが、与太話につい乗ってしまうのが栄三郎の長所であり、悪い癖でもあった。

「なるほど、その日は冬なのに暖かい日で、蛇が春になったと勘違いを起こしたわけだ」

「へい、まったく迷惑な野郎で、あっしを頭の上に乗せたまま鎌首をもたげやがったんでさあ」

「それで、飛び下りて逃げたかい」

「へい、何たって相手は腹を減らしておりやすから、洞穴をとび出して杉が生《お》い茂る林の中をこうすり抜けて、右に左に走ってやりましたら、大蛇の奴動けなくなってしまいましてね……。ヘッ、ヘッ、何のことはねえ、杉の林の中で長え胴《なげ》体がこんぐらかったってわけで……」

「なるほど、綾《あや》取り糸がもつれたように……。はッ、はッ、こいつはいい。源蔵親分、お前さんは大した男だな。その手があるのを思いつかなかったよ……」

あまりの馬鹿馬鹿しさに栄三郎は大笑いした。

殺された与力の仇を取らんとしている男の力になってやれという正兵衛の言いつけは、男として剣客として、それなりに興をそそられる話だと思ったが、実際に訪ねてみたら大違いであった。

改めて、これは父・正兵衛が不甲斐《ふがい》ない息子である自分に与えた罰のような気がした。

師範代の誘いも断ってふらふらと暮らしているから、頭がおかしくなった親爺《おやじ》のお守《もり》をする憂《う》き目を見なければならないのか——。

そう思うと三十を過ぎた身が何とも情けなく思えてきた栄三郎であったが、どうせ正兵衛の言いつけに逆らえないなら、おもしろおかしく源蔵と付き合った方がいいではないかと、努めて気持ちを切り替えたのである。

だが、栄三郎のそんな複雑な心中を源蔵は知る由《よし》もない。

「さすがは正兵衛さんの息子さんだ。先生みてえなお人には、こっちも話のし甲斐があるってもんだ」

源蔵は大蛇話を聞き流さず、相《あい》の手を入れつつ聞いてくれた栄三郎に、ますます法螺を吹きたくなったようだ。

「先生がこういう話を好きだとは嬉しゅうございますよ」

「いや、好きだということでは……」

「世の中には信じられねえようなことがいっぺえあるものでございましょう」

「まあ、今の話が本当ならな。ははは」

「本当ならな……、なんて、先生、冗談が過ぎますぜ。はッ、はッ、はッ……」

——冗談が過ぎるのはお前だよ。

そんな言葉が口をついたが、源蔵はそれを封じるかのように、

「冗談が過ぎると言やあ先生、こんな凄《すげ》え金持ちがおりやしたぜ。ちょいとお待ちなすってくださいまし。今、酒を取って参りやすからね……」

源蔵はうきうきとして立ち上がると、素早い身のこなしで部屋を出た。

「おいおい、その話は今度聞くよ……。ちょっと親分……。酒飲んで胸の病は大事ないのか……」

それからしばらくの間、いたって話好きの秋月栄三郎をも閉口させる法螺話が繰《く》り広げられた。

時刻は昼を過ぎ、表で福おこしを求める人の喧騒《けんそう》が、今はやけに恨めしく聞こえてきた。

法螺《ほら》話・その一〝信濃《しなの》の金造《きんぞう》〟

　こいつはねえ、あっしがあれこれほとぼりが冷めた頃だと思って、大坂から江戸に帰る道中の話なのでございます。

　大坂にいた頃は、正兵衛の親方には随分《ずいぶん》と世話になったものでしてね。まあ、出会いましたのが堀江の色里でしたから、おかみさんの手前、あっしのような者がうろつくのもはばかられましたので、住吉の方へ顔を出すことは控えておりましたので。

「栄三郎という息子がいてるのやが、これがやんちゃでなあ……」

　などと先生の噂《うわさ》は聞いておりやしたものの、お目にかかるのが今頃になってしまったってわけで。

　その、やんちゃな息子さんが今じゃ立派なやっとうの先生で、こうして江戸で会えるとは夢のようでございますが……。

こいつは前置きが長くなっちまいました。

大坂を出る時、正兵衛の親方が、せっかくだから信濃《しなの》の善光寺《ぜんこう》へ寄ったらどうだと勧めてくださいましてね。

あっしは不信心で、今まで由緒のある寺などろくに参ったこともありませんでしたから、江戸へ戻るまでに願《がん》をかけておくのも好いと思って、尾張《おわり》から美濃《みの》、木曽路《きそじ》を通って信濃の国へ入ったのでございます。

それでまあ、無事に善光寺に参りましたところ、門前の宿で上田《うえだ》から来たという年寄りと知り合いになりましてね。

これが金造《きんぞう》さんと言いまして、見たところどこにでもいるような、百姓の爺《じい》さんという様子でございます。

体つきのたくましい若い男を供に連れておりやしたから、死ぬまでに一度は善光寺に参っておこうと孫に付き添われてやって来たのだろうと思いまして、

「お参りができて、ようございましたねえ……」

なんて声をかけましてね、それで親しくなったというわけで。

金造さんは、あっしが大坂から江戸へ戻るところだと言うと、

「長く大坂へは行っておりませんが、今はどのようになっておりますかな……」

なんて乙《おつ》にすまして申します。

一期《いちご》の思い出に善光寺参りに来たように見えた爺さんが、まさかに大坂へ行ったことがあると聞いたので、

「へえ、父つぁんも大坂へ行った昔があったんだねえ」

と、言ってやったら、

「はい、上方へは五度《たび》、江戸へは七度ほども参りましたかな」

なんて、涼しい顔で応《こた》えるじゃあありませんか。あっしはもう驚いてしまいまして、

「そんなに何度も行っているのかい。父つぁんはいってえ、どういうお人なんだい」

と、また問いかけましたら、

「まあ、何と申しますかな、百姓仕事の傍《かたわ》らで、カイコをようさん、、、飼《こ》うております。はッ、はッ、はッ……」

なんて下らねえ洒落《しゃれ》を吐《ぬ》かしやがったんですが、よくよく聞くと、この父つぁんは信濃でも指折りの長者で、養蚕《ようさん》においてはとてつもなく偉《えれ》えお人みてえなんでさあ。

信濃の善光寺などへは一期の思い出どころか、もうしょっちゅう来ているとのことで、無口でたくましい孫と思ったのは金造さんの家で働く奉公人であるらしい。

「そいつはおみそれ致しやしたねえ。こう言っちゃあ何だが、着ていなさる物も粗末だし、とてもそんな風には見えなかったものでございますから……」

担がれているんじゃねえかと、うがった気持ち半分にそう言うと、

「源蔵さんがそう思われるのも無理はありません。旅の時はいつもこんな風に身軽な恰好で、供と言うて、この五作《ごさく》しか連れておりませぬでな」

金造さんが言うには、そんな恰好をしている方が道中安心だってわけで……。

「さいでやすか、なるほどねえ……。とはいっても、いくら世を忍ぶ姿で旅に出たとて、お供が一人というのも何かと不便じゃござんせんかねえ……」

それでもあっしはまだ、どうにも信じられずに、そんな風に訊ねてみたら、

「なに、心配はいりませぬのじゃ。この五作はな、武芸百般に加えて、算術、料理、裁縫《さいほう》に至るまで身に備えておりましてな。まったく、この男が一人おりましたらもう、何も不自由は覚えませぬわい。わァッ、はッ、はッ、はッ……」

と、また笑うんで、ちょいとからかい混じりに、五作って若い者に腕前のほど

を見せてくれと言ったら、その場で茶碗を握り潰《つぶ》すわ、算盤《そろばん》を使わずに宿の帳簿を勘定するわ、台所に入っては、あっという間に包丁を捌《さば》いてあまごを三枚におろすわで、こいつがまた何をやっても凄腕なのでございます。

それであっしは畏《おそ》れ入って、人は見かけによらねえって言いますが、大したお人にお目にかかれて嬉《うれ》しゅうございます。父つぁんなどと、気易い口を利いてごめんなされてくださいまし……。

そう言って詫《わ》びた上で、今の大坂の様子をあれこれと金造の旦那《だんな》に伝えたところ、旦那はあっしをいたく気に入ってくださいやしてね。

「源蔵さん、これから江戸へ行くとのことじゃが、さのみ急ぐことでもありますまい。ちょっとばかりわたしの屋敷へ立ち寄ってみませぬかな……」

お誘いを頂きやしたんで、ありがたく一緒に参ることにしたんでございます。大したお人だとわかった上からは、金造旦那がどんな所に住んでいるのか、この目で見届けてみたくなったんですが、心の奥底では養蚕の長者か何だか知らねえが、江戸、上方で暮らしたおれにとっちゃあ、どうせその辺の大百姓に毛の生《は》えたくれえのものに違《ちげ》えねえと、たかを括《くく》っていたのでございます。

そうして、あっしは五作さんと一緒に金造さんについて上田のご城下へ入ってから馬子《まご》を雇って、山の道を北へ北へと進みました。長《なげ》えこと馬の背中で揺《ゆ》れていますと、そのうちに長屋門が見えて参りました。長屋門が持てるってことは何でしょう。ご領主様からそれを許された、庄屋、名主と呼ばれる人に限るってことですよね。

金造旦那の姿を見ると、門に詰めていた奉公人が五人ばかり駆けつけてきて、「これは旦那様、お戻りは明日か明後日かと存じておりました……」などと口々に言って慌《あわ》てておりましたから、こいつはなかなか、大百姓どころじゃねえ、旦那のご威光も大したものだと思い改めました。

ですが、この金造という旦那の凄さに驚いたのはここからなのでございます。金造の旦那があっしのことを大事な客だとお伝えになると、もうそりゃあ丁《てい》重《ちょう》に扱われましてね。

まず長屋門の内の一間に通されて、ここで濯《すす》ぎを頂いて、山菜の料理で軽く一杯飲ませてもらっていると、そばなんぞが出てくる。このそばがまたうめえのなんの。何たって信州更科《しんしゅうさらしな》のそばでございますからねえ。

だが考えてみるってえと、大事な客だと言いながら、母屋《おもや》にも通されずに長屋門の一間で飯を食わされるってのも気にくわねえ。

あっしもまだほんの若造でございましたから、それくれえの三下《さんした》に見られたって仕方はねえが、三下には三下の意地がありまさあ。

そばを食ったら帰らしてもらおうと思っていたら、部屋の外から金造の旦那が顔を出しまして、

「ちょっとは虫養《むしやしな》いができましたかな……」

と仰《おつしや》います。

見れば旅のみすぼらしい恰好からは見違えるような絹《きぬ》の織物に身を包んで、馬乗り袴《ばかま》なんかをはいておられやす。

あっしが目を丸くしておりますと、

「はッ、はッ、旅の間は身をやつすゆえによいが、屋敷内ではそれなりに恰好には気をつけてもらいたいと、家の者どもがうるそうて困ります」

などと困った顔をなさいます。

おかしな話でございましょう。どう考えたって人ってものは、外出をする時に身を飾るもんで……。

「ではそろそろ参りましょうか」

金造の旦那に手招きされて長屋門の一間を出てみると、また新しい馬が二頭引かれてきました。

旦那はそのうちの一頭にまたがって、

「源蔵さんもどうぞ、あと少しですからご辛抱《しんぼう》ください」

あっしにも乗るように勧めたから、

「へ……、旦那様、これからどちらへ……」

と訊ねたら、

「どこ……？　はて、決まっておりましょう。わたしの女房や倅がいる母屋へですよ」

と、当たり前のように応える。

「ですが、ここは、門ですよねえ……」

「はい、門です」

「てことは、お屋敷にはもう着いたってわけですよねえ」

「はい、ここからがわたしの屋敷です」

「なら、母屋へ行くのにわざわざ馬に乗らなくったってよろしいのじゃあ……」

「母屋はここからひと山越えたところにありますので、お客様をそんなに歩かせることなどできませぬよ……」

などと仰るじゃあありませんか。

なんとそのお屋敷の門から母屋までは、山ひとつ越えねえといけねえ所にあったのでございますよ。もうそりゃあ、上田のお城よりもはるかに大きいってもんで……。

それでまた轡《くつわ》を取ってもらって馬の背に揺られて参りますと、屋敷の中に茶屋がいくつもあるわ、飛脚《ひきやく》屋はあるわ、旅籠《はたご》まであるくれえでして……。こいつは嘘《うそ》じゃねえんで、本当の話なんでさあ。

昼に門口を出発したというのに、母屋にたどり着いたのはもうすっかり夕暮れになっておりました。その道中で、

「旦那様、これだけお屋敷が広けりゃあ、まだ行ってみたこともない所があるのでございましょうねえ」

と訊いてみると、

「ああ、それはもう、あちこちございますねえ。少し前も、持仏堂《じぶつどう》をひとつ作っておいてくれと言い置いて旅に出て戻って来ましたらな、出来たは好いが、山の

頂《いただき》に建てよりまして、参るのに二日はかかるようなので、いまだに行ったこともありませんのじゃ……」

なんてね……。こいつは嘘じゃねえんで、本当の話なんでさあ。

まあそれで、とにかく母屋へ入れてもらいましたところが、千畳敷というのはまさにその屋敷の広間のことでございましたねえ。

ぷ〜んとい草の好い香りがしまして、一枚たりともほつれちゃあおりません。あっしが通された客間などは三十畳ありまして、敷いてある布団《ふとん》は十畳分くれえあって、手前で畳もうと思ったって、重くてどうしようもねえってもんで。

それからしばらくの間、毎日毎日山海の珍味ってやつを肴《さかな》に一杯呼ばれまして夢心地でさあ。

世の中にはこれほどの金持ちがいるかと思いましたねえ。へえ、ある時などはお屋敷の中があまり広いので迷っちまいまして、うろうろとしているうちに台所へ入り込んだところ、あっしはあっと驚きましたよ。

なんと漬物《つけもの》の重石《おもし》の代わりに、千両箱が置いてあるじゃあありませんか。

「そんな物を使っていちゃあ、重石がだんだん軽くなっていかねえかい？」

誰かれなしにちょっとずつ懐《ふところ》に入れていくんじゃねえのかと、台所にいた女

中に訊いたら、

「ああいえ、ここじゃ小判など石くれと同じようなものでございますから、ほッ、ほッ、石くれをわざわざ懐になど入れるお人もございません……」

なんて、笑いとばしやがりまして……。こいつは嘘じゃねえんで、本当の話なんでさあ。

人ってえのは、あんまり金がたくさんあるのを目の前にしたら、欲もなくなるようで。

それをこの身に思い知らされたのは、五日目のことでございました。

金造旦那の屋敷に盗人が入ったのでございます。

その盗人は忍山《しのびやま》の半三《はんぞう》という天下に名高い大泥棒で、信州上田にとてつもねえお大尽《だいじん》がいると聞きつけて、前々から盗みに入ろうとしていたようで……。

それでまんまと屋敷内の山の中へ忍び込んで、十人ばかり仲間を引き連れ母屋の裏手にある金蔵を狙《ねら》ったのでございますが、旦那の屋敷には、あの五作さんみてえな武芸百般に勝《すぐ》れた奉公人が五十人くれえおりやすからねえ。

いくら大盗人ったって、赤子の手をねじるくれえにたやすく捕まっちまったんです。

まあ、盗人の方も、山の中のどこかののんびりとした屋敷だと思って、なめてかかったのがいけなかったんでしょうね。

これが最期と観念したところへ、金造の旦那がつつッと前へ立ちまして、

「せっかくこんな山の中にまで盗みに来てくれたお前さま方に、縄を打ってすまなかったですねえ。いや、金を持っていってもらうのはありがたいことなのですが、用心を怠《おこた》っていると思われては傍ら痛い。まあ、それゆえこんなことをしてしまいましたが、遊びはここまでにして、皆さんを金蔵に案内しましょうほどに、持てるだけ持っていってくださいな……」

そう言うと、盗人共の縄目を解いて金蔵へ連れていったんでさあ。

旦那が仰るには、金は水と同じで、ただ溜《た》めてしまうと濁《にご》っちまって、そこから悪い虫が生まれたりもする。

これを元手に商《あきな》いをすればまた金が増えてしまう。道楽に注《つ》ぎ込めば疲れちまう。方々でばらまけば礼を言われるのが面倒だ。

盗人に持っていってもらうくれえが一番いいのだとか……。

蔵の中にぎっしりと積まれた千両箱を見せられて、忍山の半三はというとすっかりと度胆《どぎも》を抜かれて、

「旦那様、あっしらにも盗人の意地がございます。ただ好きなだけ持っていけと言われて、はいありがとうございますと、持って帰れるはずもありません」

と、涙ながらに申します。

これだけの金を見たら胸が悪くなって、もういらなくなってしまったというわけでございます。

「盗人は金を盗むのが仕事でしょう。つべこべ言わずに持っておいきなさい」

金造の旦那も金を減らしてえから、それは困ると申されます。

「そんならあっしらは、今日を限りに盗人をやめさせて頂きましょう」

ついにはそう言って、屋敷を逃げ出してしまったんでさあ。

あっしも金蔵の中を見て、何やら胸が悪くなってまいりましてね。その次の日に、金造の旦那に暇《いとま》を願って江戸へ帰ったってわけでございます。

旦那は寂《さび》しそうになさって、千両箱を二つくらい持って帰れと仰いましたが、あんなもの持って歩けませんし、そんなら五十両ばかり頂いて帰りますとも言えずに、そそくさと屋敷を後にしたってわけで。

え？　それからそこへは訪ねなかったのかって……？　あんな所へ行ったら、それこそ浦島太郎《うらしまたろう》になっちまいますよ。

旦那の息子さんの金之助《きんのすけ》というお人とは歳も近くて仲良くなったので、いつかまた会いたいと思っておりやすがね……。

どうです？

凄《すげ》え金持ちもいるもんでしょう。

大泥棒・忍山の半三は、それからは一度も盗みを働いたことはねえようで。

半三はこんなことを言っておりやしたよ。

「ちょうど盗人をやめようと思っていたところでごぜえやした。近頃の盗人の中には、人を殺《あや》めてまで金を盗もうっていう腐りきった外道《げどう》もいるようで、一緒にされちゃあ盗人の恥だ。困ったものでございます……」

黒塚の紋蔵に聞かせてやりてえものでしたねえ……。

第二章

洞穴《ほらあな》の源蔵《げんぞう》

一

墨堤《ぼくてい》から望む隅田《すみだ》川は冬のこととて寒々としていたが、早朝の風は凜《りん》として栄三郎の五体を引き締《し》め、その眠気をも覚ましてくれた。

父・正兵衛の言い付け通り、四谷天龍寺門前に洞穴の源蔵を訪ねた翌日。

秋月栄三郎は夜が白《しら》む頃から鉄砲洲の仮寓《かぐう》を出て、向島を目指した。

墨堤を少し東へ入ると、秋葉大権現社《あきばだいごんげんしゃ》の門前に〝中梅《なかうめ》〟という料亭がある。

表構えはおとなしいが、檜皮葺《ひわだぶ》き門を潜《くぐ》って中へ入ると、意外なほどに広い庭から店の棟《むね》が連なる風雅な造りで、いかにもどこぞのお大尽《だいじん》が好みそうな所である。

父・正兵衛は今、堂島の隠居の供をして、この料亭に逗留《とうりゅう》しているのだ。

「まったく金持ちのすることはわからぬ」

船を降り、墨堤を経て中梅の前に立った栄三郎は独《ひと》り言《ご》ちた。

春は桜、夏は菖蒲《しょうぶ》、秋は紅葉《もみじ》――向島には人の心を和《なご》ませる風物が充《み》ちているというのに、慌《あわただ》しくなる師走《しわす》が近づくこの時期に、わざわざ江戸へ遊山《ゆさん》に来るなど馬鹿げている。

もっとも、そんな時分に来てこそ、江戸の表も裏もわかるというもので、堂島の隠居はもう何度も江戸へ来ているゆえに、わざわざこの時期を選んだのかもしれぬ。

いずれにせよ、父・正兵衛ももう少し暖かな時に連れて来てもらえばよかったものを——。

金持ちの隠居と知り合い、こんな驕奢《きようしや》な料亭に逗留する幸運を摑《つか》みつつ、どこか一部分《ひとつ》がうまくいかない。それが正兵衛の人としての愛敬《あいきよう》になっているということに、息子の栄三郎は三十を過ぎてふと気づいた。

しかし、栄三郎は今、そんな物思いに浸《ひた》ってはいられなかった。

朝早くに訪ねないと、どこかへ遊山に出かけてしまうやもしれぬ——それゆえに遥《はる》か鉄砲洲から向島まで、眠る間を削《けず》ってやって来たのだ。

細く開かれた檜皮葺き門の戸を押して庭へ入ると、老爺《ろうや》が一人いて、竹箒《たけぼうき》を手に辺りを清めていた。

「案内を請《こ》う……」

料亭の格式に負けぬよう、栄三郎は剣客《けんかく》の風を調《ととの》えてきていた。今はずしりと低い声で言った。

「秋月栄三郎先生でございますね……」

声をかけるや、老爺は深い皺《しわ》に笑《え》みを湛《たた》えて栄三郎に頭を下げた。

「いかにも。先生と呼ばれるといささかこそばゆいが……」

栄三郎は少し苦笑いを浮かべた。

朝一番に自分が訪ねてくることを正兵衛は予想していて、老爺に告げていたようである。

出来の悪い息子だと言いつつも、野鍛冶《のかじ》の息子ながら剣客の端くれになったことを少し自慢したのであろう。老爺の目には親しみがこもっていた。

「お噂《うわさ》はお聞き致しました。よく似ておいでございますね……」

「そうかな……」

栄三郎は少し仏頂面《ぶっちょうづら》で応《こた》えた。

昨日は福太郎の女房のお恵に父親に似ていると言われ心ほのぼのとさせたが、今日の栄三郎はいささか機嫌が悪い。

「それがどうした。父子《おやこ》なのだから似ているのが当たり前ではないか。早く親父《おやじ》を呼んでくれ」

そんな想《おも》いの方が強い。

老爺はそういう栄三郎の若さをも楽しむように眺めると、庭の奥の小さな石橋の上に佇《たたず》む客の姿へ目を遣《や》って、

「あれにおいでにございますよ」

と、客の方へお辞儀した。

丹前《たんぜん》を羽織って、朝の清《すが》しい風に当たっている客は正兵衛であった。

「おお、来たか……」

正兵衛は、待っていたとばかりに手招きした。

「親父殿、堪忍してくだされ。洞穴の源蔵……、あの親爺《おやじ》は底抜けのあほや、付き合いきれませぬわい……」

「はッ、はッ、はッ、お前も法螺《ほら》話を聞かされたか」

「笑い事やないわ。殺された与力の仇《あだ》を討たんと探索を続けている？　息子の福太郎殿の話では、勝手にうろうろしてるだけのことやそうな」

「まあ、そんなことやろうと思ていた」

「親父殿……」

「勝手にうろうろしているだけじゃよってに、お前に見張りを頼んだのじゃ。お上の御用を務めているのやったら、お前に出番はあるかいな」

「いや、それはそうかもしれんけどやな……。毎日あんな法螺話を聞かされたら、こっちまで頭がおかしなってしまうわい」

栄三郎は、これ以上しかめようはないというくらいの渋《しぶ》い表情を浮かべて、正兵衛に訴えた。

朝は誰よりも早く起き、外の風に当たり、伸びをして大きく息をするのが正兵衛の日課である。

この瞬間を捉《とら》えようとやって来た栄三郎であったが、案に違《たが》わず正兵衛は庭にいた。堂島の隠居は昨夜の飲み疲れから、いまだ温かい布団《ふとん》の中に埋《うも》れて眠りこけているらしい。

それで正兵衛は、栄三郎を自分にあてがわれているという六畳の間に連れて来たのだが、開口一番、栄三郎は源蔵の世話だけは勘弁してくれと言い立てたのである。

しかし正兵衛はいつものように飄々《ひょうひょう》としてその言葉を受け流し、困惑する息子の様子を楽しむかのように、

「栄三郎、お前はなかなか見上げた男じゃな。相手をするのが嫌なら、行ったふりをしておけばよいものを、わざわざこんな所にまで断りを入れに来たとは、ほんに正直なことじゃ。ふッ、ふッ……」

と言って満足そうに頬笑《ほほえ》んだが、

「そやけど、どうせお前も暇《ひま》やろ。そう言わんと付き合《お》うたれ」

と、栄三郎の願いを許さなかった。

兄も母も反対する中、自分が江戸へ剣術修行に出ることを許してくれた父・正兵衛にこう言われると、栄三郎の語気も弱まる。

「暇じゃと言われると、返す言葉もござりませんが……」

昨日、源蔵を訪ねたのはよいが、大蛇の話に始まり、信濃の金造という大金持ちの話へ――。

とにかく嘘《うそ》としか言いようのない話も、初めのうちこそ冗談のつもりで聞いてそれなりに笑っていたのだが、福太郎が言った通りであった。これを大真面目《おおまじめ》に延々と続けられると、おかしさが気持ち悪さに変わってくる。

話を切り換えて、黒塚の紋蔵探索の手立てについて問うてみたところ、源蔵は毎朝目を覚ますと、内藤新宿、千住《せんじゅ》、板橋《いたばし》、品川《しながわ》の四宿を日替わりで訪ね、江戸へ出入りをする怪しげな者がいないか、それぞれの宿に住む昔馴染みに話を聞いて、天龍寺門前の家へと戻る――そんな暮らしを送っているらしい。

つまりこれといってあてもなく、生きているやも死んでいるやも知れない黒塚一味の幻影を求めて四宿を散歩しているだけのようなものだ。

これでは胸に病を抱えていたとて危ない目に遭《あ》うこともないであろうし、栄三郎が様子を見るまでもないではないか――。

「そもそも源蔵殿は、親父殿が昔大坂で面倒を見ていた相手であって、大きな世話になったわけでもおませんのやろ。そこまで世話を焼かずとも……」

言いつけには逆らえぬ身とはいえ、文句のひとつも言いたくなる。

「源蔵殿が親父殿に何と言うたかは知らんけど、この栄三郎が昨日訪ねたところでは、あと一月《ひとつき》というなら好きなようにさせてやった方がよろしいのではござらぬか」

栄三郎はとにかくそれを言いに来たのである。

「お前はおもろない男やなあ……」

息子が困る様子を楽しそうに見ていた正兵衛であったが、一通り栄三郎の苦情を聞くと大きな溜息《ためいき》をついた。

「剣術一偏ではのうて遊び心のある、もうちょっと趣《おもむき》のある男じゃと思うていたわ」

「それは期待に添えませいで、申し訳ございませぬ……」

おもしろくない奴《やつ》と言われ、栄三郎は少し口を尖《とが》らせた。

「ええか、人は生きるのが仕事や。ところがいつか死んでしまうことをわかってしもてる。夢を見たとて虚《むな》しいことや。そやよってに楽しみを見つけるんや。どんな時にでも楽しみを見つけて生きてたら、短い一生も捨てたもんやない……」

それは正兵衛が酒に酔うと、口癖のように言う言葉であった。わかるようなわからぬような……。だが、そう言われてみると、自分は確かに今、楽しみを見つけられずに退屈な日々を送っている……。

そんな栄三郎の心の動きを瞬時に察して、

「わしはお前に今持ち合わせのない、その楽しみを与えてやっているのや。そう思え」

と、正兵衛は諭《さと》すように言った。

「源蔵殿の面倒を見ることが楽しみでおますか……。えらい楽しみや……」

栄三郎はポツリと言った。

「わからんやっちゃなあ。考えてみい、あれだけの法螺話はそう何遍《なんべん》も聞けるもんやないぞ。話の種にせんかいな」

「話の種にねえ……」

「それからこれは覚えとけ。この世の中で、人に世話を焼くことほどおもしろいものはない。何でかわかるか」

「はて……」

「必ずあれこれ人との縁が繋《つな》がるよってじゃ。損得が絡《から》んで出来る縁と違《ちご》て、こっちの縁は上等や。楽しみを見つけるためには、上等の縁がいくつも要《い》る。栄三郎、こう言うたかて今のお前にはわからぬかもしれんが、人との巡《めぐ》り合いで、お前の修めた剣術の遣《つか》い道も拓《ひら》けるかもしれんやないか」

「う〜む……」

栄三郎は唸《うな》り声をあげた。

正兵衛の言うことは相変わらず、

「わかったような、わからぬような……」

そういう理屈であったが、町の出の自分の前に立ちはだかる剣客の壁を越えられずに悶々《もんもん》としているくらいなら、町の出だからこそできるお節介を、年老いた親の代わりにまずはしておけということなのであろう。

「栄三郎、それにわしの目から見ると、源蔵はんの頭はおかしなってない。法螺を吹くことで、くたびれてきた心と体を奮《ふる》い立たせている……。そんな風に見えるのや」

正兵衛はそう続けた。

「わしと源蔵はんが大坂で出会《でお》うたのも、江戸でまた会えたのも、わしの倅《せがれ》のお前が江戸にいるのも何かの縁や。年いって誰にも相手にされへんようになってしもた男の引き際《ぎわ》に、花を添えてやってくれ……」

栄三郎はこうなると、ただ頷《うなず》くしかなかった。

正兵衛は、剣客としての生き方に絶望している息子を、彼なりに元気づけているのであろう。

〝お前は所詮《しょせん》野鍛冶の倅やないか。何様の子でもないのやよってに、ええ恰好《かっこう》せんとおもろいこと探して暮らしてみい〟

栄三郎は正兵衛の言葉の奥に、こんな父の声を聞いたような気がした。

――なるほど。つまるところ、大坂者らしゅう、あほになって実《じつ》を取れということか。

そう考え直してみると、わずかながら栄三郎の心の内に立ちこめていた靄《もや》がとけていくような気がした。

江戸へ来て武士の姿となり、腰には二本差して、人から〝先生〟〝旦那《だんな》〟と呼ばれて、確かに自分は好《い》い気になっていたような気がする。

好い気になったからこそ、源蔵のことを〝おもしろい親爺〟と思わずに、〝面倒な親爺〟と受け止めたのかもしれない。

「親父殿、わしはええ恰好しいになっておりましたか……」

栄三郎は、ふっと笑って正兵衛を見た。

「そういうこっちゃ。江戸へ来てからお前はええ恰好しいになってしもた。わしは恰好つける奴は嫌いじゃ。やいやい言わんと早《は》よ行てこい。今日も朝から源蔵はんは出かけてるのやろ。様子を見てこんかい。わしは堂島のご隠居の付き合いが忙しい」

息子を得心させたとばかりに正兵衛は、勝ち誇ったような表情を見せた。

切れ長の眼尻《めじり》に浮かぶニヤリとした笑み——それが自分と似ていることに、栄三郎は今気づいた。

二

「こいつは洞穴の親分、待っておりやしたよ。さあ、まず床几《しょうぎ》へ掛けておくんなさいまし」

「すまねえな……。はッ、はッ、今時そんな風におれを迎えてくれるのは八《はっ》つぁんだけだよ」

「へえ、そうでございますかねえ」

「そうだよう。まあ、品川大木戸の平《へい》さんと、板橋の松《まっ》つぁんも相手になってくれるが、お前さんほどじゃあねえ」

「いやいや、松つぁんと平さんは、あっしみてえなお調子者じゃあねえから、ちよいとぶっきらぼうに見えるだけですよう」

「へへ、そうかねえ」

「そうですよう。二人とも達者のようで何よりだ」

「ああ、口だけはな」

「そんならあっしと同じだ。親分の足腰はまだまだしっかりとしていなさる。大したもんだ……」

この日、洞穴の源蔵は千住に足を運んでいた。

千住は日光《にっこう》街道、奥州《おうしゅう》街道に続く宿場であり、大江戸八百八町《はっぴゃくやちょう》の北限である。

源蔵が四谷からここへ来たのは、もちろん黒塚の紋蔵の一味らしき影が北から江戸へ出入りしていないかを探索するためであった。

といっても、千住大橋南詰に二間《けん》ばかりの間口で甘酒屋を営《いとな》む八兵衛《はちべえ》という五十絡みの男に、

「おかしな野郎を見かけなかったかい」

と来る度《たび》に問いかけるだけのことなのである。

八兵衛は千住で生まれ育ち、若い頃はぐれて盛り場をうろついていたこともあった。

非力で逃げ足が速いのが身上であったが、持ち前の人懐《なつ》っこさと明るさで、方々の俠客《きょうかく》たちから出入りを許されていたことを買われ、彼もまた源蔵と同じように差口奉公《さしぐちぼうこう》をしていたことがあった。

源蔵とはその頃からの馴染みなのだが、八兵衛の方はもう十年も前に手先の仕

事から離れ、この甘酒屋を開いた。

自らを〝お調子者〟というように、所帯を持つこともなく、近所から小女《こおんな》一人を雇って店を任せ、気楽な日々を送っている。

それゆえに、世間からは法螺吹き親爺と言われて揶揄《やゆ》される源蔵であっても、四日に一度訪ねてくれることが好い暇潰《ひまつぶ》しとなり、こうやって歓待してくれるのである。

源蔵にとっても、そういう八兵衛であるからこそ、あれこれ訊《たず》ねやすいというものだ。

八兵衛は小女に甘酒を運ばせると、店の表に置かれた長床几に源蔵と並んで座って、

「生憎《あいにく》というか、幸いなことというか、これといって、相変わらずこの辺には変わったことなど何もございません」

小声で言うと、少しばかり恰好をつけて銀煙管《ぎんぎせる》をくゆらせた。

「そうかい……」

源蔵はふっと息をついて、甘酒が注《つ》がれた茶碗《ちゃわん》を口に運んだ。

「もっとも、昔と違ってこのあっしの耳も遠くなっちまって、ろくな噂も入って

これないのかもしれませんがね」

八兵衛は恰好をつけつつ、自嘲《じちょう》の笑みを浮かべた。

「何の、八つぁんはおれよりまだ五つくれえ若《わけ》えじゃあねえか、おまけに昔変わらぬその愛敬だ。処《ところ》の衆もまだまだ粗末にするもんかい」

「さて、今じゃあその筋の者たちからも、ただの甘酒屋の親爺くれえにしか見られちゃいねえようですがねえ」

「ふふふ、やけに弱気じゃあねえか。互いに老けこむのはまだ早《はえ》えや……。そんならまた来るよ」

「もう行っちまうんですかい」

八兵衛は源蔵が置いた甘酒の代を押し戻しながら言った。

「ゆっくりしていってくれりゃあ好いのに……」

「ゆっくりしようにも、おれの昔話はもうお前にはそっくり話しちまったからな。どうにも間が取れねえよ」

源蔵は甘酒の代をそのまま床几に残して立ち上がった。

「代は取っておいておくんねえ。こっちが勝手に訪ねているんだ」

「へい……。そんなら頂戴《ちょうだい》しておきます。また来ておくんなさい」

「ありがとうよ」

源蔵は八兵衛に頷いてみせると背を向けた。

「親分、いつまで続けるんですかい」

八兵衛はそれを呼び止めた。

「黒塚の紋蔵なんて野郎は、もうこの世にはいねえんじゃねえですかねえ。もしいたとしても、主《おも》だった乾分《こぶん》どもは三年前にことごとく討ち取られておりやすから、江戸へ入ってくることなどありゃしませんぜ……」

源蔵はゆっくりと振り返った。その顔にはほのぼのとした笑みが浮かんでいる。

「とうとう八つぁんも、見るに見かねたか……」

源蔵は差口奉公をしていた頃の昔馴染みを、千住、板橋、品川に訪ね、黒塚の紋蔵に繋がる手掛かりになる噂話はないかと問い合わせている。

ここ千住は八兵衛に、板橋は松三《まつぞう》、品川は平吉《へいきち》という、いずれも同年代の男たちであるが、八兵衛が言ったことと同じ言葉を、松三、平吉からも随分と前から言われていたのだ。

源蔵はそのことを告げると、

「お前は気が好いから、いつ言おうかと今まで言葉を呑《の》み込んでいたんだろうな。ありがとうよ」

「礼を言うなんぞよしにしてくれよ。あっしだって柊木の旦那に世話になったし、親分の気持ちはよくわかる。旦那の仇《かたき》を討とうとして、こうやって一人で探りを入れているなんざ見上げたもんだ。おれだって役に立ちてえと思ってる。だがな、もう柊木の旦那だって、きっとあの世から、よくやってくれた、このあたりで息子夫婦と穏《おだ》やかに暮らしてくれと仰《おお》せになっているんじゃあねえかな……」

八兵衛はつくづくと言ったが、源蔵は何度も頷いて、

「お前は本当に好い奴だ。心配するねえ、探索をするのも今年で最後だと決めているからよう」

「本当かい」

「ああ、おれも口は動いても、体が動かなくなってきたからよう」

「それを聞いて安心したよ」

「今年中に黒塚の紋蔵一味の尻尾《しっぽ》を摑む好い手立てを思いついたのさ。はッ、はッ、また来らあ……」

源蔵はそう言ってまた大きく頷くと、大股で歩き出した。

「ああ……、あれじゃあ、法螺吹き源蔵と言われても仕方がねえや……」

八兵衛は溜息をつくと、甘酒屋の奥へと引っ込んだ。

源蔵は、そんな八兵衛の呟《つぶや》きなど知る由《よし》もなく、足取りも軽く歩き出す。

「親分、やってますねえ……」

一町ほど南へ行った所で呼び止める声がした。

「先生……、栄三《えいざ》先生じゃあねえですかい」

源蔵は声を弾《はず》ませた。

そこに秋月栄三郎が立っていた。

「親分の肩助けになればと思ってね……」

にっこりと笑う栄三郎を源蔵はつくづくと見た。

「はあ、大したもんだ……」

「大したもんだって、何がだい？」

「いや、確かに昨日、栄三先生は正兵衛の親方に源蔵の力になってやってくれと言われて訪ねて来たと仰いました……」

「そうだ、それで親分もよろしく頼みまさあ、と言ったではないか」

「ですが、あん時あっしは、調子に乗ってべらべらと自慢気に昔話なんぞをしちまいました」

「ああ、聞かせてもらったよ」

「あんな与太《よた》話をする親爺には付き合いきれねえ……。そうは思わなかったですかい」

「ははは、随分と法螺を吹きやがったなと思ったが、考えてみればこの世には信じられぬ話はごまんとある。満更《まんざら》ないことでもない、そう思い直したというわけだ」

「さようでございますかい……」

「何と言っても、親父殿の頼みとなれば是非もない。それゆえ、今日は千住の甘酒屋に手掛かりを手繰《たぐ》りに行くと聞いていたからこうしてやって来たというわけだ」

さて、何を手伝おうかとばかりに、栄三郎は呆気《あっけ》にとられる源蔵と肩を並べて歩き出した。

「はあ、大したもんだ……」

源蔵はまた溜息混じりに言った。

「うちの倅の福太郎などは、あっしの話に耳を貸すどころか、店を手伝えとは言わねえから隠居らしく落ち着いて、ちったあ人のためになる話をしろ、なんて言いやがる。先生みてえな話のわかる息子を持って、正兵衛の親方は本当に幸せもんだ……」

「何の幸せなものか、自分の職に見向きもせずに、剣客になるなどと大それたことを言って家をとび出した親不孝者……。それがおれだよ。息子としちゃあ、親が築いた店を継いでしっかり切り盛りしている福太郎殿の方が立派に決まっているよ」

「まあ、真面目《まじめ》だけが取り柄《とえ》ってもので……。あっしは栄三先生みてえな男であってもらいたかった……」

「それは、おめでたい者同士、相通ずるものがあるからそんな風に思うのだろうよ」

「なるほど、おめでてえ者同士か、こいつは面目《めんぼく》ねえ」

源蔵は、正兵衛が江戸へ来たことによって、思いもよらず得た理解者に相好《そうごう》を崩した。

「昨日は親分の話に気圧《けお》されて、肝心《かんじん》の黒塚の紋蔵の話をよく聞いていなかったが、まずその話を聞かせてくれぬかな」

「ああ、そう言やあ、そうでございました……」

源蔵は頭を掻《か》き掻き、栄三郎を千住大橋の南方にある牛頭天王社《ごずてんのうしや》へと導き、その門前に店を出している休み処《どころ》へと入った。

ここでは串に刺された豆腐田楽《とうふでんがく》が食べられる。

中食《ちゆうじき》をとるにはまだ少し早い時分で、畳敷の入れ込みの隅《すみ》に座って食べるそれは味噌《みそ》が焦《こ》げた香《こう》ばしさが絶妙で、恰好の虫養いとなった。

「あっしは柊木の旦那には、本当に好くしてもらいましてねえ……」

小ぶりの茶碗に注いでもらった一杯の酒をなめるようにして、源蔵は三年前の一件に連なる昔話を始めた。

昨日と同じ調子の好い話しぶりであったが、今日は恩人のことを語るとあって、年相応の哀愁《あいしゆう》が見え隠れしている――栄三郎にはそう思えた。

早くに二親と別れ、内藤新宿辺りでふらついていた源蔵は、破落戸《ならずもの》同士の諍《いさか》いに巻き込まれて上方へほとぼりを冷ましに逃げた後、そっとまた江戸へ戻り、千《せん》駄ケ谷《だがや》で暮らし始めた。

「まあその間に、正兵衛の親方の世話になり、信濃の金造旦那に出会ったりしたわけですが、もうその話は好いですよね……」

人の情に触れてすっかり改心した源蔵は、千駄ヶ谷で飴《あめ》売りをしながら商売をする元手を貯《た》めた。

大坂で仕入れた珍しい話を講釈風に語ったりしながら子供たちに売ったので、源蔵の行商は人気を集めた。

思えばこの頃から、嘘か真《まこと》かわからぬような話をするのが巧みで、話すうちに作り話と実話とが頭の中で渾然《こんぜん》とするようになったのかもしれなかった。

だが人気を集めたことで、昔の仲間に見つかって悪事への加担を強要され、これを断ったことで大勢から袋叩《だた》きの目に遭いそうになった。

柊木政右衛門に助けられたのはこの時であった。

政右衛門は御先手組《おさきてぐみ》与力として諸門の警衛を務めていたが、この日は非番で千《せん》駄谷八幡宮《だがやはちまんぐう》へ参詣《さんけい》に来ていて蛮行《ばんこう》に気づいたのであった。

時に政右衛門は三十歳——四谷にある中西《なかにし》派一刀《いっとう》流・畑中一風斎《はたなかいっぷうさい》の道場で抜群の強さを誇り、市井《しせい》に親しんだことで破落戸どもの生態などはよく心得ている。

たちまち源蔵の難儀を理解して、あっという間の腕ずくで、昔の悪い虫から助けてやった。

「そりゃあ柊木の旦那の強かったことといったらありやせん。破落戸どもをちぎっては投げ、一人の野郎なんぞは二間《けん》の高さの塀《へい》を軽々と飛ばされていきやしたくれえで……」

源蔵らしい誇張はあるものの、確かに政右衛門は強かったのであろう。それ以降、すっかり昔の悪い虫どもは寄りつかなくなった。

政右衛門は源蔵の真っ当に生きようとする姿勢を誉《ほ》め、それ以降は非番の日となると、飴を売る源蔵の姿をそっと見に来てくれたりもしたものだ。

源蔵もまた〝旦那〟と大いに慕《した》ったので、優しい政右衛門は、

「その後はどうだ、商《あきな》いは繁盛《はんじょう》しているのか。まあおぬしは口が達者で売り文句もおもしろいゆえに、心配はいらぬであろうが……」

などと源蔵に声をかけてやり、行きつけにしていた天龍寺門前の掛茶屋で話を聞いてやった。

その掛茶屋で小女として働いていたのがお福であった。

お福は陽気で政右衛門への恩を忘れぬ源蔵に心惹《ひ》かれるようになり、源蔵もまた働き者で自分と同じく早くに二親に死に別れたという境遇のお福にたちまち惚《ほ》れてしまって、二人は所帯を持つことになる。

掛茶屋の主《あるじ》はお福の遠縁にあたる老婆《ろうば》で、源蔵の手持ちの金で快《こころよ》く掛茶屋を譲ってくれた。猫の額《ひたい》ほどの掛茶屋であったが、源蔵は政右衛門のお蔭《かげ》でこの上もない幸せを摑むことができたのである。後にこの掛茶屋が、評判の菓子店・ふく屋へと大きく変貌《へんぼう》を遂《と》げるのであるから――。

その後、柊木政右衛門が火付盗賊改方の加役を拝命し、源蔵が差口奉公を願い出たという経緯は、源蔵の息子・福太郎が栄三郎に話した通りであった。

もっとも源蔵の言によると、

「柊木の旦那に願い出ますと、ちょうど源蔵の力を借りたいと思っていたのだが、お福のことを思うとなかなか口に出せなんだ。おぬしの申し出、ありがたく思うぞ……」

となり、源蔵も手先となって縦横無尽《じゅうおうむじん》の働きをしたらしいが――。

柊木政右衛門の活躍もあり、江戸の治安はよく保たれたが、七年ほど前から数度にわたって黒塚の紋蔵なる盗人《ぬすっと》の一味が跳梁《ちょうりょう》した。

お縄になった他の盗人が、

「奴の面を見たことはねえが、安達原《あだちがはら》の黒塚に棲《す》む鬼女の倅だと噂された男でございますよ……」

と評するごとく、黒塚一味の犯行は凄惨《せいさん》をきわめ、金品を盗むためには平気で住人を殺害した。

元は上方、名古屋で盗みを働いていたのが江戸へ流れて来たと見られたが、とかく謎の多い一党であった。

当然のように、柊木政右衛門はこの悪党どもを憎み、召し捕ることに躍起になった。

源蔵も己《おの》が縄張りで顔が利《き》く内藤新宿界隈《かいわい》での聞き込みに精を出し、一番手柄を目指した。

二、三度怪しい影がちらほら見えてきて、これを柊木政右衛門に報告したこともあったが、こちらの手の内を見透《みす》かしているかのように賊はまったく尻尾を出さない。

それでも政右衛門は独自の探索で二度ばかり、黒塚一味と思《おぼ》しき者どもが船宿で密談をしているとの情報を摑み、そこを急襲したが、いずれも踏み込んでみればもぬけの殻《から》で、その度《たび》に見事にしてやられた。

まさに神出鬼没の黒塚一味であったが、盗人が栄えた例《ためし》はなく、やがて落日を迎えることになる。

柊木政右衛門にとっては口惜《くちお》しいことに、彼が別件で駿府《すんぷ》に出張中、その捕物は行われた。ある夜、黒塚の紋蔵一味は下谷《したや》の仏具屋を襲い、店の者数人を殺害の上、二千両余りを奪ってばらばらに逃走した。

だが、火付盗賊改方はその翌夜に池之端《いけのはた》の料理屋で一味の者どもが繋ぎを取っているところを突き止め、政右衛門の盟友であった火付盗賊改方与力・竹市亮《たけいちりょう》蔵《ぞう》が同心二人を率《ひき》いて踏み込んで、派手な争闘の末、一味の者五人を斬り捨てた。

竹市亮蔵も準備が整わぬ中での踏み込みであったために行き届かず、生け捕りにすることができなかったのだ。

これにより、五人の内の誰が黒塚の紋蔵であるかもはっきりせぬままの、何とも後味の悪い捕物に終わってしまったのである。

「柊木政右衛門が、あの時江戸にいてくれたならば……」

竹市亮蔵はこの時、大いに悔しがったという。

もちろんその想いは柊木政右衛門とて同じであった。

駿府から戻るや、政右衛門は竹市亮蔵から二日前に起きたという事件の顚末《てんまつ》を知らされて地団駄《じだんだ》を踏みつつ、黒塚一味には残党がいて、いまだ江戸に潜伏している可能性が高いとのことで、休む間もなく探索に当たり出した。

だが、その日の夜のこと――。

供も連れず単身浪人姿に身をやつして見廻《みまわ》りに出かけた政右衛門は、そのまま消息を絶ち、内藤新宿仲《なか》町の料理屋の裏手にあたる玉川上水端で倒れているところを翌朝発見された。

背中に刺し傷、首根には棒手裏剣《ぼうしゅりけん》が縦に深々と突き立っていたという。

やはり黒塚一味には残党がいて、五人の仲間が死んだことへの復讐《ふくしゅう》に燃え、この数年張り合っていた政右衛門を殺害した――火付盗賊改方ではそう見た。

棒手裏剣は黒塚の紋蔵一味がよく使う凶器であった。

政右衛門を殺害した相手は闇《やみ》から棒手裏剣を投げつけ、さらに動きがとれなくなった政右衛門を白刃《はくじん》で刺し貫《つらぬ》いたのであろう。

「独りでの探索は慎《つつし》むべきであった……」

当夜、自《みずか》らもまた政右衛門と同じように単身見廻りをしていた竹市亮蔵は、悲痛な叫びをあげたという。

そして、柊木政右衛門を殺害した咎人《とがにん》は見つからぬまま今に至っている。

それが黒塚一味であるという確たる証拠もないが、政右衛門の体に棒手裏剣が突き立っていたこと、奪われた二千両の金子《きんす》が見つからなかったことから、生き残った盗人の存在が確信された。

しかもその腕の見事さ、棒手裏剣を使うことで黒塚一味の意地を世間に見せつけたのではないかという推測から、これは黒塚の紋蔵その人であろうとの声が大勢を占めた。

とはいうものの、その後は江戸の町も平穏が続き、黒塚の紋蔵ははたして生きているか死んでいるかがわからぬと噂されるようになったのである。

「う～む、何やらすっきりせぬ一件であったのだな……」

詳しく話を聞いて、秋月栄三郎は腕組みをして唸《うな》った。

「へい、まったくで。竹市の旦那は柊木の旦那の仇討ちをすると息まいておられやしたが、半年ばかりして火付盗賊改のお役目を解かれちまいまして……」

源蔵の声も神妙なものとなった。

火付盗賊改方は加役で任期はさほど長くない。盗賊捕縛に柊木政右衛門と共に功をあげ、長く留め置かれた竹市亮蔵であったが、彼も四十後半の年齢となっていた。最早《もはや》使えぬと判断されたのであろう。

「そういうあっしだって老いぼれて参りやした。探索ったって大したこともできやせんし、もう差口奉公からも引いた身でございます。でもねえ、じっとしてはいられねえんですよ」

「なるほどなあ。おめでてえ小父《おじ》さんだと思ったが、こうして話を聞けば、源蔵親分がじっとしちゃあいられねえ気持ちがよくわかった。よくぞこの三年、聞き込みを続けなすったねえ……」

栄三郎は最早剣客を気取ることもないだろうと、くだけた口調に親しみを込めた。

「いや、その……、栄三先生にそんな風に言われると、何やら恥ずかしいや……」

たちまち源蔵の表情は神妙なものから、いつものちょっとばかり得意気で愛敬のあるそれに変わったが、このところ人に誉められ慣れていないのか、栄三郎を見る目はどこかきょとんとしていた。

三

翌日。

秋月栄三郎は、朝から四谷仲殿町《なかどの》に道場を構える畑中一風斎を訪ねた。

順番からいうと、洞穴の源蔵はこの日、板橋の旅籠屋《はたごや》の隠居・松三を訪ね、黒塚の紋蔵一味の探索を続けているはずであった。

昨日、千住で源蔵に会い、探索への同行を申し出た栄三郎であったが、

「栄三先生、お気持ちはありがてえが、こういう探索はこれでなかなか難しいものでございましてね。あっし一人で動かねえと悪目立《わるめだ》ちするものなのでございますよ……」

と、自分一人で思うように当たらせてもらいたいのだと、源蔵はこれを丁重《ていちよう》に断った。

きっと息子夫婦の福太郎とお恵が体のことを案じてお父つぁんのことを頼みますと言ったのであろうが、そのことなら心配はいらない、長年の段取りでどこで具合が悪くなっても体を休める術《すべ》はあると言うのだ。

「だが先生が、いざって時に助けてくださるってえのは心強いや。何か変わったことがありましたら相談致しますんで、気の向いた時にあっしの家を覗《のぞ》いてやっておくんなさい」

そうしてもらえると福太郎とお恵も安心すると思います、と源蔵は言った。

確かに、二人連れ立ってあれこれ聞き込みをするのも馬鹿な話である。

「わかった。必ず天龍寺の門前まで訪ねるから、おれにできることがあったら遠慮なく言っておくれ」

そう告げて、源蔵と別れたのであった。

とはいえ、それくらいのことで源蔵の世話を焼いたとは言えまい。父・正兵衛への体裁《ていさい》もある。源蔵がそう言うのなら自分もまた違うところで一役買おうと、栄三郎は心に決めたのである。

畑中一風斎を訪ねるのはその手始めであるのだ。

源蔵から故・柊木政右衛門の話を聞くに、栄三郎が知っている名がひとつ出てきた。それが畑中一風斎である。

栄三郎は、一風斎の道場へは今までに数度足を運んだことがあった。

剣の師・岸裏伝兵衛は他流との稽古《けいこ》を進んで願った剣客であった。

剣の技、理に長《た》け、俠気と稚気《ちき》に溢《あふ》れる伝兵衛が教えを請《こ》うと、流派を超えて多くの剣術師範がこれに快く応えてくれたものだ。

畑中一風斎もその一人で、中西派一刀流では防具着用による竹刀《しない》での稽古が盛んであったことから、積極的に防具と竹刀を気楽流に取り入れた岸裏伝兵衛は、時に主だった門人を連れて弟子ともども稽古をつけてもらった。

秋月栄三郎もその中にいた。

畑中一風斎はいかにも伝兵衛が好きそうな、性穏やかにして一度《ひとたび》剣をとれば大山のごとくずっしりと威風を漂《ただよ》わす――風格のある剣術師範であった。

稽古においては竹刀をかすりもさせてもらえなかったが、一風斎は人懐《なつ》っこい栄三郎を気に入ってよく声をかけてくれた。

岸裏伝兵衛は、人に嫌われぬ秋月栄三郎を他流との稽古では必ず同行し、時に進物などの遣《つか》いを命じたから、栄三郎はなかなかに剣術界では顔が広い。

――これは岸裏先生から授かった宝のひとつと思わねばなるまいな。

栄三郎は道場を訪ねるや、

「おお、そなたであったか。これは久しいのう……」

と、道場脇の一間へ請《しょう》じ入れてくれ、相好《そうごう》を崩した一風斎を見てそう思った。

もう七十歳に手が届こうかというのに、がっちりとしていて引き締《し》まった一風斎の体軀《たいく》にはいささかの衰えも見られない。

こういう姿を見ると、自分には剣術師範など到底勤まらぬと思い知らされる。

それとともに門人たちが道場で稽古に励む姿を見ると、近頃の稽古不足が気になって汗を流さぬ身が後ろめたくなる。

「何やら無性《むしょう》に先生のお教えを賜《たまわ》りたくなりまして、無躾《ぶしつけ》を何卒《なにとぞ》お許しくださりませ……」

栄三郎はひたすら畏《かしこ》まって、昨日千住から天龍寺門前のふく屋まで源蔵を送った時に福太郎、お恵夫婦から土産《みやげ》にもらった福おこしを差し出した。

夫婦は、源蔵に嫌気を起こさずにこの日もまた様子を見に来てくれた栄三郎に恐縮してくれたものだ。

「岸裏殿がおらぬとおぬしも何かと稽古に困ることもあろう。いつでも、遠慮のう立ち寄ってくれたら好いのだ……」

一風斎は栄三郎の言葉を素直に喜んで、稽古をしていくよう勧めてくれた。

「ありがとうございます……」

栄三郎は深々と頭を下げつつ、心にもないことを言ったと胸の内で詫《わ》びていた。

ここを訪ねたのは、久しぶりに一風斎に会い、稽古をしたいという思いもあったが、何よりも火付盗賊改方与力・柊木政右衛門が一風斎の弟子であったことを聞いたからである。

思えば、柊木政右衛門とはこの道場ですれ違ったことがあったかもしれなかったし、政右衛門の息子で御先手組与力として諸門警備に当たっている政之介もまたこの道場に通っているに違いない――そう思ったのである。

政右衛門の死後、源蔵が柊木家に出入りすることは一切《いっさい》なくなった。柊木家に古くから仕《つか》える有川《ありかわ》という家士が、主《あるじ》・政右衛門の命を奪った火付盗賊改方という加役を憎み、その手先などを務める町の者をも得体《えたい》が知れぬと忌《い》み嫌ったことが大きな要因であった。

「旦那がお亡くなりになりゃあ、あっしなんかがお訪ねしちゃあ迷惑でしょうしねえ……」

源蔵は平気な顔でそう言った。政右衛門のいない屋敷に出入りしたとて仕方がないのだと――。

だが、政右衛門のために人から馬鹿にされようが〝法螺吹き〟と言われようが日々彼なりに探索を続けている源蔵のことを、栄三郎はせめて政之介に伝えてやりたくなった。

畑中道場で共に稽古をする機会を得れば、政之介に近づけるではないか。

「今日は防具を持参致しておりませぬゆえ、型の稽古をお願いできますれば……」

栄三郎は一風斎について道場へ出た。

壁には三百人ばかりの掛札があった。さっと見廻すと、はたして柊木政之介の名があった――。これだけの門人がいれば、これまで政之介と顔を合わすことがなかったとて不思議でもあるまい。

感慨《かんがい》深げに頷く栄三郎の胸が久しぶりに躍《おど》った。

この日から数日続けて畑中道場へ通った秋月栄三郎は、折よく三日目に、柊木政右衛門の息《そく》・政之介と稽古を共にすることができた。

剣技抜群で、火付盗賊改方でも勇名を馳《は》せた政右衛門から想像していた剛直な風ではなく、政之介は色白でおっとりとした顔付きをしていた。

栄三郎より五、六歳年若のようであったが、防具を着けて打ち合ってみると、久しぶりに立ち合う栄三郎よりも体の動きは鈍《にぶ》く、腕前の方も遥かに及ばない。

それでも栄三郎は稽古が終わった後、

「いやいや、先ほどは好い小手を頂きました」

などと声をかけてやった。

他道場で稽古する時は、たとえ自分の方が格段に強くとも、一本は譲ってやるのが栄三郎の流儀であった。

そしてそう声をかけることも忘れなかった。

これでまず、どんな剣士でも心を開く。

「いやいや、確か気楽流の免許をお持ちとか。どうりで某《それがし》などは相手になりませぬ。ひとつ剣術談議などお聞かせ願いたいものですな」

政之介は如才《じよさい》のない口調で栄三郎の声がけに応えた。なかなかに爽やかで、物言いに嫌みがない。

栄三郎と政之介が言葉を交《か》わすのを見て、畑中一風斎は、

「おぬしら二人はいかにも気が合いそうじゃ」

と、思わず顔を綻《ほころ》ばしたが、その言葉通り、栄三郎は世情のことに興味がある政之介と会話が弾み、その次の日にも稽古をすることが叶《かな》い、すっかりと親しくなった。

そこで、かつて父・政右衛門の手先を務めていた源蔵という男を、大坂の父がかつて世話をしたことがあると言うと、

「源蔵、はい、覚えております。二、三度法螺話を聞かされた思い出がござる。

左様《さよう》でござったか、これは奇縁でござるな……」

政之介は大いに喜び、

「今日は某の組屋敷へお立ち寄りくだされ。あれこれお話を伺《うかが》いとうござる」

ということにまでなった。

栄三郎に異存はない。その日は道場を出ると畑中道場の西方にほど近い、柊木政之介の組屋敷へと立ち寄った。

「これはお客様でござりましたか……」

門を潜ると、自ら庭木の手入れをしていた六十歳になろうかという老武士が、慌《あわ》てて威儀を正して政之介と栄三郎を迎えた。

この老武士が源蔵を嫌う有川なのであろう。家臣といっても若党の仕事も兼ねるほどのもので、屋敷には政之介の妻子の他にはわずかばかりの下男下女がいるだけである。

それでも二百石《こく》取りの与力の家の体裁《ていさい》を整えんと気を張っている様子が頬笑ましくもあるが、他の奉公人たちにとってはさぞかしうるさい存在であると思われる。

栄三郎への応対は極《きわ》めて丁重なのであるが、どこか世故《せこ》に長けた目で見かけぬ来客を値踏みしているような気がする。

――この男がいては、源蔵親分もさぞかし訪ねにくかろう。

心の内で呟く栄三郎であったが、政之介はそういう有川を少し叱《しか》りつけるように、

「秋月先生だ。気楽流のご師範でな。畑中先生の道場で稽古をつけて頂いたのだ。あれこれご高説を賜るゆえに、そなたはこのまま庭の手入れを続けておればよろしい」

そう言い置くと栄三郎を仏間へと招き、小者《こもの》に酒肴《しゅこう》を調えるように命じた。

「あれこれ口うるさい爺《じい》なのでござるが、あれでなかなかの主想いでござってな……」

少し恥ずかしそうに栄三郎を見る政之介の目には、もしもお気に召さぬことがあれば勘弁を願いたいという気持ちが籠《こ》もっている。

よく気が廻る男ではないかと感心しつつ、

「あのような人がいれば、ご当家に災いが寄りつくこともござりますまい」

栄三郎は少し言葉に含みを持たせて笑顔で応えた。

「そう言って頂けるとありがたいが、災いも寄りつかぬが、福おこしも来づらい

のでござろうな……」

政之介は栄三郎の含みをすぐに解して、福おこしを商《あきな》うふく屋に引っかけて、父・政右衛門の死後は長く会っていない源蔵に思いを馳せた。

「昔はよく、手ずから〝おこし〟を提《さ》げて父を訪ねに来たものだが……。ははは、といっても源蔵とは取り立てて話をしたこともないし、訪ねてくれたとて、某は火付盗賊改の任にあらぬゆえ、どうしたものでもござらぬが……」

栄三郎は政之介の応《いら》えに満足をして、

「親分には今のお言葉を伝えておきましょう。きっと大喜びしますよ」

「喜んでくれたならば嬉しいことでござる。姿を見せるとあの忌《い》まわしい一件が思い出されると思って、おこしを届けるのも気が引けるのであろうが、父上は何も源蔵に殺されたわけではなし、気にせずに、たまには顔を見せるようにお伝えくだされ」

「承知仕《つかまつ》った。それを申さば喜ぶどころか泣き出しましょう」

「はッ、はッ、泣かれては困りまするな。時に、かの親分は、近頃は店を息子夫婦に任せ楽隠居をして、近くの者たちに昔話などしているのでござろうな」

「いや、あれから一人で黒塚一味の消息を探っているようで……」

「何と……」

栄三郎はやはり政之介には知る由もなかったかと、ふっと笑みを浮かべて源蔵の近況を語った。

政之介はたちまち感動を顔に浮かべて、

「源蔵がそのようなことを……」

と、しみじみとして仏壇に手を合わせた。

「実は今日が父の月命日でござってな。それゆえ、どこか気の利いた所で一献《いっこん》とも思いましたが、ここであれこれ話が聞けたら父の供養になるかとこのようなむさとしたところへ……。思いもかけず好い話を父に聞かせることができ申した」

「左様でござりましたか。それならば、某もお邪魔した甲斐《かい》があり申した」

栄三郎は大きく頷いた。

「一人であれこれ聞き込んだとて、何が知れるものでもありますまいが、親分もじっとはしておられぬのでしょう」

「その気持ちが何よりも嬉しゅうござる。さりながら、胸を病み、余の者からは頭がおかしくなったとの謗《そし》りを受けてはつまらぬ……」

「それもあと一月《ひとつき》、年の内までのことにするようですよ」

「あと一月……。それを聞いて安堵《あんど》致した」

政之介はほっと胸を撫《な》で下ろした。

そこへ小者が酒肴を運んできた。

きぬかつぎに小蕪《こかぶ》の煮物、鴨《かも》は松露《しょうろ》と牛蒡《ごぼう》と共に醬油《しょうゆ》と酒で煮てあった。

「何とうまそうな……。これはみな、ご新造《しんぞ》殿が……」

「母が料理にうるさいお人でござってな」

政之介の母は、夫の政右衛門が死んだ翌年に亡くなったそうな。

膳を見るに、柊木家は政右衛門中心に幸せな時が流れていたと見受けられて、知り合ったばかりというのに栄三郎の胸を熱くした。

酒が入ると政之介もまた長年の知己《ちき》に語るがごとく、父親を盗賊に殺された無念を言葉に滲《にじ》ませた。

「父を殺されて、仇も討てぬままに過ごすのは何とも辛《つろ》うござる。宮仕《みやづか》えの身なれば勝手な振る舞いもできず、元より仇が誰かも知れぬとなればいかんとも致しがたい……」

「ご心中、お察し申し上げまする……」

「父の跡を継ぎ、火付盗賊改の加役に就《つ》きとうござったが叶いませなんだ。某の腕では勤まらぬと思われたのでござろう。それが何とも心苦しゅうて……」

「某が源蔵親分の話を持ち出したばかりに、これは嫌なことを思い出させてしまいましたかな」

「ああいや、お気になされぬように願います。時にこうして父のことを思い、無念に浸《ひた》ることもまた供養でござりましょうゆえ」

政之介は表情に持ち前の爽やかさを取り戻した。

「その後、火付盗賊改の方では探索が続けられているのでござりましょうな」

「さていかがでござろう。当時のことを知る与力、同心も少なくなったゆえに、父を討ったのが一人なのか二人なのかそれさえも……」

事件そのものが風化しているような気さえするが、中には熱心に謎を解こうとしてくれている者もいると信じ、諦《あきら》めてはいないと政之介は言った。

「相手が一人とは思えませぬな」

栄三郎の頭の中に思いつくものがあった。

「お父上の首筋には棒手裏剣が縦に刺さり、背中からの刺し傷があったとか」

「いかにも……」

「某が思いまするに、手裏剣を投げつけたのは武勇に秀《ひい》でられたお父上の動きを止めんがためのこと。これをもって相手の動きを封じて近寄り、止《とど》めに刃《やいば》を向けた……」

つまりまず手裏剣が投じられたと見るのが妥当であるが、柊木政右衛門ほどの腕の者がその後背中から刺されているのは不思議だ。手裏剣が飛んできた方へ体が向かうはずである。ということは、あらかじめ政右衛門の近くに忍び寄った賊がいて、もう一人の賊が投げた手裏剣が命中した刹那《せつな》、後ろから殺到して刀で刺した――栄三郎はそれゆえに相手は二人以上いたのではなかったかと、武芸に励んだ見地から推測したのである。

「なるほど、そう言われてみれば確かに……」

「しかも首筋に縦に突き立ったということは、一人は高い所から手裏剣を投げつけたことになりますな」

「某もそのことが気になっていた……。高い所から狙ったとすると、たとえば木の上や塀《へい》の上にいて、父が来るのを待ち伏せていたのではなかったかと……」

「だとすると、お父上の行き先を仇は知っていたことになりますが、火付盗賊改の方では何と……」

話すうちに興味が湧《わ》いてきて、栄三郎は思わず膝《ひざ》を乗り出した。

「取り調べにおいては、柊木政右衛門が賊に動きを読まれるはずはない、たまたま町で姿を見かけた賊がこれを追いかけ、何か足下《あしもと》が気になって屈《かが》んだところへ手裏剣を投げつけ、前のめりになったので背中へ匕首《あいくち》を振り下ろしたということに……」

「なるほど……。それならば相手は一人であったとも考えられますな。いや、一《いっ》介《かい》の剣客づれが余計なことを申しました」

政之介から話を聞いて栄三郎は頭を掻いた。

この辺りのことも源蔵からしっかりと聞いておくべきであったと、調子に乗ってあれこれ語ったことが恥ずかしかった。

「いやいや、秋月殿と話すうちに、なぜあの時もっと詳しく父の最期《さいご》のことを聞いておかなんだか、悔やまれてなりませぬ」

「思いもかけぬことが起こったのでござる。なかなかに落ち着いてはおられますまい」

二人は頷き合い、しばし盃《さかずき》を重ね源蔵の話に華《はな》を咲かせた後、栄三郎は政右衛門の位牌《いはい》を拝し、その日は二刻足らずで屋敷を辞去した。

その折、新たな来客があり、栄三郎は御意《ぎょい》を得た。

源蔵から話に聞いていた柊木政右衛門の盟友・竹市亮蔵であった。

亮蔵は二年前に火付盗賊改の加役を解かれてからは脚気《かっけ》を患《わずら》い、息子の亮左衛《すけざえ》門《もん》を出仕させ隠居していた。

政右衛門の月命日には必ず柊木家を訪れ位牌に手を合わせ、

「おぬしの仇を取ると言いながら江戸患いとなってこの様《ざま》じゃ。もうすぐにそちらへ参るゆえに許してくれ……」

と涙ぐんで、そそくさと帰っていくのが常なのだという。

いつも決まって夕刻に現れるゆえに、来れば栄三郎を引き合わせ、源蔵のことを報《しら》せてやろうと思っていたのでちょうどよかったと、政之介がその意を伝えると、

「おお、あの洞穴の源蔵か……。手先としては役に立った例《ためし》はないが、気の好い奴で、政右衛門にはよく仕えていた。はッ、はッ、そうか、あ奴はいまだに黒塚一味を追いかけておるか。健気《けなげ》な奴じゃ」

かつては政右衛門と共に悪人どもを震え上がらせたという亮蔵も、すっかりと好々爺《こうこうや》の佇まいで、少しばかり右足を引きずり、

「秋月殿、源蔵によしなに伝えてくだされ……」

と声を詰まらせて、政之介と並んで栄三郎を見送った。

――なるほど、親父殿の言う通りだ。人の世話を焼くと縁が次々に広がってい
く。

組屋敷が続く小路を行きながら、栄三郎は何やら心が浮かれている自分に気づ
いた。

楽しみを見つければ人の一生も捨てたものではない。楽しみを見つけるために
は上等の縁がいくつも要る――正兵衛の言葉のひとつひとつが納得できる。

「楽しみか……」

今日はこの楽しみを心の内で温めつつ、真《ま》っ直《す》ぐに帰ろう。

栄三郎の足取りは宙に浮かぶように軽くなった。

四

縁に恵まれる時はこのようなものであろうか。

柊木政之介の屋敷へ招かれての帰り、今宵《こよい》は源蔵の家には寄らずに、近頃見つ
けた京橋《きょうばし》の袂《たもと》にある居酒屋で飯を食ってやろうと、栄三郎は橋を北へ渡ってい

た。

口は悪いがちょっと小股《こまた》の切れ上がった女将《おかみ》が一人で切り盛りしているのだが、飯を食うにも酒を飲むにもなかなか気の利いている店なのである。

すると橋の北側から渡ってきた老武士が、

「おお、見つけましたぞ、秋月殿ではござらぬか」

と、栄三郎を一目《ひとめ》見るや甲高《かんだか》い声をあげた。

小柄で白髪に品格が漂うその老武士は、少し前に鉄砲洲の渡し場近くで道端に踞《うずくま》り、にわかの差し込みに苦しんでいた宮川九郎兵衛《みやがわくろべえ》という浪人であった。

栄三郎は九郎兵衛を近くの茶屋へ担ぎ込んで、落ち着くまでの間あれこれ面倒を見た後、訊ねられて名は告げたのだが、処《ところ》を言わぬまま別れていたのだ。

つい先日、父・正兵衛に、

「道で踞ってる年寄りを見かけたらなあ、富《とみ》に当たったと思て助けい。何ぞええことが起こるかもしれんぞ……」

と言われたものの、処を教えぬまま別れたのではもったいないことをしたと、笑い話にしていたあの一件の老人が、この宮川九郎兵衛なのである。

ここで再会するのも何かの縁だと思い、

「これはいつぞやの……。いや、今日はすっかりとお顔の色も好いようで、真に祝着にござりますな」

栄三郎も満面の笑みでこれに応えた。

「いや、先日は忝《かたじけの》うござった。あの折は体の具合が思わしくなく、わたしとしたことがうっかりと秋月殿のお住まいをお訊ねせぬままに別れてしまいまして、随分と気持ちが悪うござったが、御仏《みほとけ》のお導きとはこのことじゃ。まず先日の御礼をさせてはくださらぬかな」

宮川九郎兵衛はそう言うと、有無《うむ》を言わさぬ勢いで栄三郎を促《うなが》し、そこからほど近い中《なか》ノ橋の南にある料理屋へ連れていった。

そこは泥鰌鍋《どじょうなべ》が名物で、日頃これを食べつけぬ栄三郎にもちょうど好い甘辛さが舌に馴染んだ。

宮川九郎兵衛は水谷《みずたに》町に住まいを持ち、そこで手習い師匠を務めているという。

父も自分も息子も儒者《じゆしや》であるそうだ。年寄りの儒者と二人で一杯やったとて、何やら堅苦しくて息が詰まるのではないかという一抹《いちまつ》の不安もあったが、話してみると九郎兵衛の話題は多岐《たき》にわたっていてこれがなかなかに楽しい。

栄三郎もまた、剣客になり損ない、悶々《もんもん》として暮らす自分の前に俄に現れた大坂の父親のことや、そこからとんでもない法螺吹き親爺と出会うことになったことなどをおもしろおかしく話して、九郎兵衛を大いに笑わせたのであった。

刻《とき》はあっという間に経《た》ち、

「さすがは手習いのお師匠でござりまするな。某のような未熟者に上手《うま》く話を合わせてくださる。頂いた料理も旨《うも》うござりました。お蔭で楽しい一刻《ひととき》を過ごさせて頂きました……」

なるほど親父殿の言う通りだ。道端に踞っている年寄りを見たら助けるものだと心の内で納得しつつ、栄三郎は宴《うたげ》の終わりに深々と頭を下げた。

「はて、おもしろいお人じゃ……」

九郎兵衛はそんな栄三郎をつくづくと見て、

「わたしはひとつも秋月殿に話を合わせた覚えはござりませぬよ。むしろ色々と頭の中にしまい込んであった話を引き出してもらったような……。秋月殿、そこ許《もと》はおそらく、五つの子供とも話を弾ませることができるお人ではありませぬかな」

と、感じ入った。

「五つの子供と話し込める……。そう言われてみれば先日、湊稲荷《みなといなり》の社《やしろ》で半刻《はんとき》ばかり子供たちと木の枝で無心に斬り合いをしていることにはたと気づいて、恥ずかしい想いをしたことがござりました」

栄三郎は九郎兵衛の言葉に面目《めんぼく》ないと応えたが、九郎兵衛は大真面目《おおまじめ》に、

「それでござるよ。そこ許と話していると、付き合いの長さを超えて、つい余計なことを話したくなる。秋月殿は剣客になり損なって無為な日々を過ごしているなどと申されたが、何の、お父上が申された通りに人の世話を焼きなされ、それが秋月栄三郎という男の先行きを必ずや明るいものに致しましょうぞ」

と唸るように言った。

――さてさて、好いことがあった。

父・正兵衛のように、助けた相手がお大尽で豪勢な旅の供にありつけたわけではないが、手習い師匠を務める人品《じんぴん》卑《いや》しからぬ儒者が、自分には人を引きつける〝何か〟があると真顔で言ってくれた――三十を過ぎた自分には値千金《あたいせんきん》の言葉ではないか。

初めて源蔵の法螺話を聞いた時は勘弁してくれと思ったが、源蔵は秋月栄三郎ならば聞いてくれようと思って話したのかもしれぬ。

そしてこの日の柊木政之介も――。

〝どんな時にでも楽しみを見つけて生きてたら、短い一生も捨てたもんやない……〟

いまだわかるようなわからぬような正兵衛の口癖であるが、嫌々源蔵に世話を焼き始めたことに新たな景色が見え始めたのは確かであった。

是非一度手習い所を覗《のぞ》いてくれという宮川九郎兵衛と別れた翌日。

秋月栄三郎は勇躍、天龍寺門前へと出かけてふく屋を訪ねた。

数日ぶりに顔を見せた栄三郎の姿を見て、福太郎とお恵は大いに喜んでくれた。

「もう来てはくださらぬかと思っておりました……」

福太郎の話によると、千住で会った源蔵を天龍寺門前まで送っていった日から、家の中ではむっつりとして、ろくに福太郎と言葉も交わさなかった源蔵が、少しばかり無駄口を叩くようになったという。

「と言っても、正兵衛さんは話のわかる倅を持って幸せ者だと、わたしにあてつけを言うだけのことなんですがね」

福太郎は苦笑いを浮かべつつ、それでもお恵の言うことには今まで以上に耳を傾けるようになり、医者が勧める薬も素直に飲むようになった。これも栄三郎が源蔵のほつれた心の綾《あや》を解きほぐしてくれたからに違いないと喜んでいる、と続けた。

「聞き込みの間はおれが一緒じゃあ足手まといになるようだから、日が暮れてから訪ねることにしたんだ……」

少しおどけたように栄三郎が言うと、

「申し訳ございません。まったくあの親父ときたら、どこまで倅に恥をかかせればいいのか……」

福太郎は相変わらず生真面目《きまじめ》に応える。

「いや、おれもこれで結構楽しませてもらっているのだよ」

栄三郎がそう言って笑っても、福太郎はそれを息子夫婦を気遣っての言葉と受け止める実直さを見せた。

父親が〝捕物道楽〟で家を空《あ》けている間、母と共に店の切り盛りに苦労した息子は、父親を否定することで自分を奮起させてきたのであろう。

福太郎にとって源蔵は、人様に厄介をかけずじっとしていてもらいたいだけの存在で、源蔵もまたそんな息子をおもしろくない奴だと切って捨てる以上、父子が相容《あいい》れることはない。

お恵は間に立ってどうすることもできず、せめて福太郎との間に子を生《な》してい
れば、孫を通して新たな父子の会話が成り立つものをと、子を産めぬ身を嘆《なげ》くし
かない。

この夫婦には、源蔵の機嫌を劇的に変化させた栄三郎がこの先も親子の関わり
を築く上での道標《みちしるべ》となってくれたら――そんな想いが芽生《めば》えてきている。

父・正兵衛にあれこれ諭され、宮川九郎兵衛に妙な才気を称《たた》えられたことで、
師・岸裏伝兵衛から逸《はぐ》れた後、ふらふらと自身を見失ってさ迷っていた秋月栄三
郎の心に余裕が出来た。

それが、ふく屋親子の人情模様を眺めつつ、改めてお節介を焼いてやろうとい
う、栄三郎が本来持ち合わせている遊び心に火をつけた。

「何も気を遣っているわけではないさ。福太郎殿には煩《わずら》わしい親父であっても、
おれにはまったくおもしろい」

栄三郎は高らかに笑って見せた。すると裏の離れに日々の探索から源蔵が戻っ
てきた気配がした。

「おお、戻ったようだ。これからおもしろい話を親分に伝えるから、一緒に来て

はどうかな」

　店にはちょうど客が絶えていた。福太郎とお恵は店の番を一時《いつとき》小女にさせ、栄三郎の来訪を報せに一緒に源蔵の部屋へと向かった。

「お父つぁん、先生が来てくださったよ」

　珍しく部屋を訪ねてきた息子に、源蔵は一瞬怪訝《けげん》な顔を向けたが、栄三郎の姿に気づくとたちまち顔を綻ばせて、

「先生、来てくださったんですかい。生憎《あいにく》これといった手応えはなかったので、相談することもねえんでございますよ」

　弾むように言った。

「そうかい、おれの方はこの何日もの間、久しぶりに剣術の稽古をして、思わぬ人とお近づきになったよ」

「思わぬ人？」

「柊木政之介殿だよ」

「わ、若旦那とですかい？」

「ああ、お屋敷にまで行ってきたよ」

「左様でございましたか……達者になされておいでてございましたか……」

源蔵は栄三郎を部屋に請じ入れると、懐かしそうに目を細めた。

「ああ、親分がいまだに黒塚一味を追っていると伝えたら、そりゃあ喜んだの何の」

「そうでしたかい……」

「おまけにお屋敷を出る時に、竹市亮蔵というお方とも会えた」

「竹市の旦那と……」

源蔵の目がキラリと光った。

「ああ。健気な奴じゃ、よろしく伝えてくれと申されていたよ」

「竹市の旦那は達者になさっておいでで」

「ああ、だが、江戸患いで足を少し引きずっておいでてな。すっかりと涙もろくなった隠居という風に見えたよ。おれはそのことを親分に伝えたくて、朝から落ち着かなかったってわけさ」

源蔵は感慨深げに頷くと、照れくさいのであろうか、

「福太郎もお恵もいいから、店に戻んな……」

と追い払うように手を振った。

「わかったよ。先生、少しばかり相手をしてやってくださいまし。ほんとうに、

ありがとうございます……」

福太郎は当主としての貫禄《かんろく》を見せ、張り合うように源蔵に応えると、栄三郎に頭を下げ店の方へと戻ったが、後に続くお恵は久しぶりに父子のやりとりを聞いた嬉しさに浮いて見えた。

「先生、福太郎に聞かせてやろうとしてくださったんですかい」

源蔵は呟くように言った。

「まあな。親分の探索も、少しは人の心を和《なご》ませているってことを知ってもらいたくてな」

栄三郎はにこやかに頷いた。

「おもしろいお人だ、先生は……」

「親分ほどでもないさ」

「若旦那に会うために、剣術道場へ行ったんですね」

「いや、久しぶりに稽古をしようと畑中先生をお訪ねしたら偶然に、な」

「見えすいたことを言いなさんな。はッ、はッ、柊木様のお屋敷へ行くこともままならねえあっしに代わって、行ってくださいましたか。本当におもしろいお人だねえ、先生は……」

源蔵は栄三郎のお節介の滋味をしっかりと味わうように目を閉じると、大きく息を吐いた。

「親分の気持ちをしっかりと伝えておきたくなったのさ。こいつはおれの勝手にしたことだが、余計なことであったらすまなかったな」

「いや、ありがたくて胸がいっぱいだ……。でもねえ、若旦那は火付盗賊改のお役に就いちゃあいねえお人だ。三年前のことを思い出させたとて辛《つら》い想いをなさるんじゃねえかと、あっしはそれが心配でございましてね」

「何だ親分、与力の旦那と女房に死に別れて、たがが緩《ゆる》んだんじゃねえかと思ったが、そんなことまで考えていたんだな」

「ひでえことを言いなさる……」

栄三郎にからかわれるように言われて源蔵は破顔して、

「あっしは調子の好いことを吹いたりしますがねえ、まだ呆《ぼ》けちゃあおりませんよ」

「そのようだな。いや、今親分の言ったことはおれも考えたが、お前さんの名を出した時に、政之介の旦那は随分と懐かしがってあれこれと訊《き》きなすった。三年前のことを思い出したくなけりゃあそんなこともなさるまいと思って話したんだが、竹市亮蔵というご隠居といい、お父上は人に慕われていたと、つくづく親の大きさを思ってありがたがっておられたよ」

「そうですかい。そんなら好いが……。竹市の旦那も、月命日には相変わらずお屋敷を訪ねておいでだったんですねえ……」

「ああ、そうして皆、親分を懐かしがっていた」

「よし、今年いっぺえと決めたことだ。あと少し、あっしは探索に精を出しますよ！」

源蔵にいつもの調子の好さが戻ってきた。

「その意気だよ」

「へい」

「親分だってやみくもにうろついているわけじゃあないんだろ」

「そりゃあもう」

「手掛かりはあるのかい」

「黒塚の紋蔵が盗みを働きやがるのは師走《しわす》が多いんですよ」

「なるほど、今年あたりは出てきやがるかもしれねえな」

「へい、あっしの勘じゃあ、必ず出てきますぜ」

栄三郎に乗せられて、源蔵は〝法螺吹き〟の本領を次第に発揮し始めた。

「それで、手掛かりを摑んだらどうするんだい」

「あっしはお縄にできる身分じゃござんせんから、とにかく駆けに駆けて、柊木の若旦那にお報せ致しやす」

「そうすりゃあ若旦那が火付盗賊改にこれを報せて、一番手柄となるか……」

「そういうわけで」

「足腰を鍛《きた》えておかねえといけねえな」

「大事ありやせんよ。若え頃《わけ》に比べると少々体の動きも鈍《なま》っちゃあいるが、まだまだ足は達者ですよう」

「さぞかし若い頃は足が速かったのだろうね」

「そりゃあもう……。安房《あわ》へ行った時の話はしましたっけねえ」

「いや、まだ聞いていないが……」

「そうでしたねえ。ちょいとお待ちくだせえ。今、酒を取って参りやすからねえ……」

源蔵は初めて会った時と同じく、うきうきとして立ち上がると、素早い身のこなしで部屋を出た。

「親分……、その話は今度聞くよ……」

しまった、また法螺話を聞かされると思ったが後の祭りであった。

栄三郎と話すうち気分が高揚してきたらしい源蔵は聞く耳を持たず、やがて酒《さか》徳利《どっくり》を手に部屋へ戻ると、これを茶碗に注いでぐびりとやって舌を湿らせ、

「へへへへ、二十五年ほど前のことになりますかねえ……」

ニヤリと笑った。

法螺話・その二〝韋駄天《いだてん》の太三《たいぞう》〟

柊木の旦那《だんな》が火付盗賊改のお役に就《つ》かれたばかりの夏のことでございます。旦那は、手配の盗人が安房で捕まえられたってことで、そこへ出張ることになりましてね。それであっしもお供を願い出て、ついて行ったのでございます。

まあ、お供といってもあっしが勝手について行ったようなものなんですが、あの辺りはあったかくて海山の景色の好い所だと聞いておりやしたから、どうしても行ってみたくなりましてね。

それで安房の国は館山《たてやま》へ入って、旦那は無事にお務めを終えられて、さて江戸へ帰ろうとしたのですが、面目《めんぼく》ねえことにその日の朝に腹を下しちまいまして、あっし一人が一日宿へ残ることに……。

前の日に、浅蜊《あさり》をうめえうめえと食い過ぎたのが悪かったようで。

幸いにもその日の内にすっかり具合も良くなって、次の日の朝には一日遅れてあっしも江戸へ帰ることになりやした。

だが、のこのことついてきてその挙句《あげく》がこれでさあ、どうにも手前《てめえ》が情けなくて、足取りも重くなかなか前へと進みやせん。

勝山《かつやま》を過ぎた辺りでしょうか。街道から見る海があんまりきれいなんで見惚《みと》れていたら、

「もし、旅のお人……」

と、あっしを呼び止める声が致します。

ふっと見ると、若い女の漁師が立っておりやした。

菅笠《すげがさ》を被《かぶ》って、丈《たけ》の短《みじけ》え着物を着て、浅黒い顔に化粧っ気はねえんですが、妙に色気のある女でございました。

「おれに何か用かい」

と応えると、女はあっしのことをじろじろと眺めやして、

「江戸へ帰るところなんだね」

と、申します。

「わかるかい」

「ああ、何とはなしに都のお人の匂《にお》いがするよ」

「都のお人か……。はッ、はッ、そう言われると何やら恥ずかしいぜ」

「帰りを急いでいるわけではないんだろう」

「ああ、ちょいとしくじっちまってな。どうも気が晴れねえのさ」

「それなら気晴らしに、沖に出て小島を巡《めぐ》ってみないかい。あたしが船を漕《こ》いであげるよ」

「お前が船頭《せんどう》をしてくれるのかい。そいつは乙《おつ》だな。いくらで回ってくれる」

「銭《ぜに》百文《もん》でどうだい」

「それくれえなら安いもんだ。おれは泳ぎが苦手だからしっかりと頼むぜ」

「任せておくれよ。子供の頃から船を漕ぐのは慣れたものさ」

そんな具合に話がまとまりやして、あっしは海辺へと出て、女の小船に乗ったんでさあ。

その浜は入江がからみ合っていて、あっしが乗った船の周りには他に漁師の船は見えなかった……。

何やら夢を見ているような心地《ここち》でございました。

女は馴《な》れた手つきで櫓《ろ》を操《あやつ》り、船はたちまち沖に出ました。

夏の空は青くて、広がる海もまた青く、潮風《しおかぜ》が心地ようございました。

「お前の名を聞いてなかったな」

女に問うと、

「なみ……」

と答えます。

「おなみか、お前には似合《にあ》いの名だな。お前は器量も好いし、櫓を漕ぐのも上手だ。さぞかし方々から嫁に来てくれと言われているんだろうねえ……」

なんて、あっしもおだててやったんですが、そこからがおかしな雲行きになりやして——。

「あたしが器量好しだって？　本当にそう思うかい」

「ああ、お前は江戸の女にまるでひけはとらねえよ」

「そんなら話は早いね」

途端に女は櫓を持つ手を止めて、沖の真ん中で船を止めちまったんでございます。

「二朱《しゅ》でいいよ」

「二朱？　漕ぎ賃は百文じゃなかったのかい」

「馬鹿だねえ、二朱というのはあたしの値段だよ」

と言って笠を脱いで、着物の帯を解き始めるじゃありませんか。

「おい、悪ふざけはよしにしろい。こんなところで女を買うほど、おれは酔狂《すいきょう》じゃねえや」

あっしは慌《あわ》てて女に船を出すように言ったんですが、

「女に恥をかかせるんじゃないよ」

女は怒り出しまして、あたしの言うことが聞かれないというなら、海へ櫓を捨てちまうから、お前は泳いで浜へ戻れと言いやがるんですよ。

泳ぎが苦手だから頼むぜ——なんて言ったのがいけなかったようで。

そんなところから泳げといわれたって大変でございます。何たってあっしは、泳ぎは苦手の上に、治ったといっても昨日は腹を下して寝ていたんでございますからねえ。

仕方がねえ、これも話の種になるだろうと二朱を取り出して、

「おれの負けだ。取っておきな」

船底へ置いてやったんでございます。

そうして、もういいから浜へ戻ってくれるように頼んだのですが、

「何だい、お前、金だけ置いてあたしを抱かないというのかい」

おなみはそう言ってまた怒り出します。

「身を売らずに銭が入るんだ。文句はねえだろう」

面倒な女だと、あっしも声を荒らげたら、

「あたしはお前の男振りに惹《ひ》かれて声をかけたんだ。そんなことを言うなら二朱は返すから、あたしをお抱きよ」

「嫌だ。気が乗らねえ」

「そんなら櫓は海に捨ててやる」

「ちょっと待てよ。わかったよ……」

こうなりゃあもう仕方がありやせん。それからがまた夢のような刻が過ぎましたんで……。

女の甘い汗の香りと潮の香りが鼻をくすぐりましてね。ちょいと動く度《たび》に船は波に揺《ゆ》れて、仰向《あおむ》けに空を見りゃあ、お天道様《てんとさま》がまぶしくて……。

「やっぱり江戸の男は好いねえ」

半刻ばかり二人で波に揺れた後、おなみは生意気なことを言って、また船を漕ぎ出しました。

船が浜へ向かうのを確かめて、あっしは胸を撫で下ろしました。

それと一緒に女房の顔がちらつきまして、馬鹿な亭主ですまねえと心の内で手を合わせ、やっと船を降りたのでございます。

ところが、一難去ってまた一難とはこのことでして——。

船を降りた所に、おっかねえ山犬みてえな面《つら》をした若え漁師《わけ》が立っておりやす。

なんとこいつがあっしを睨《にら》みつけながら、まだ船の上にいるおなみに、

「おい！　この野郎は何だ……」

と、怒鳴りつけるじゃありませんか。

おなみは勝気な女でございます。まるで臆することなく、

「島巡りに来たお客人だよ」

「お客人……。ふざけたことを言うな！」

「ふざけているのはお前の方だろう。あたしはあんたの女房じゃなし、勝手に悋《りん》気《き》をされちゃあ迷惑だよ」

「何だと、この太三《たいぞう》様がお前を女房に望んだ限りは、迷惑だなんぞと言わせねえぞ！」

「馬鹿もここまでくれば大したもんだ」

なんて口喧嘩《くちげんか》が始まりやした。

「お取り込み中すまねえが、おれはただ船に乗せてもらっただけだ。先を急ぐのでごめんよ……」

あっしも面倒に関わり合うのは勘弁願いたいとばかりに、さっさと行こうとしたら、この太三って野郎が立ち塞《ふさ》がって、

「手前、船に乗ったついでに、おなみの上にも乗りやがったな！」

なんて、くだらねえことを吐《ぬ》かしやがる。

――ちっともおもしろくねえや、この田舎者《いなかもん》が。

あっしもむかっ腹《ぱら》が立ってきて、

「おなみがおれの上に乗ってきやがったんだよ！」

と、思わず口に出しちまったら、

「もう、お前さん、恥ずかしいことを言うんじゃないよ」

おなみは頬《ほお》を赤らめて、色っぺえ声を出しやがった。まったく迷惑な女でございますよ。

こうなったら太三も後に引けやせん。

「この野郎、このまま浜から生きて帰れると思うなよ！」

すっかりと我を忘れて殴《なぐ》りかかってきやがった。

さすがは荒くれの漁師でさあ。その身のこなしはなかなか素早いものでしたが、火付盗賊改で手先を務めるあっしでございます。こんな洒落《しゃれ》のつまらねえ野郎に負けるわけには参りやせん。殴りかかる拳《こぶし》をさっとかわして蹴《け》りあげてやろうと思ったら、野郎はかわされた拍子《ひょうし》に足がもつれて手前で倒れて岩に頭をぶつけやがった。

「手前、やりやがったな……」

「おれは何もしてねえよ……」

まったく馬鹿な野郎でございます。あっしは呆《あき》れて、よろよろと立ち上がる太三を見ておりやした。

すると、こんな馬鹿でもこの辺りでは兄貴と慕《した》われているようで、ふっと見ると若い漁師たちが手に手に銛《もり》やら棒切れやら、中には櫓を振り上げる者とかもいて、兄貴の一大事とばかりに駆けつけてきたんでございます。

その数はざっと二十人ばかりおりましたでしょうかねえ。

その頃のあっしは腕にちょっとばかり覚えがありやしたが、網でも投げられたらどうしようもありやせん。ここは三十六計を決めこもうとその場を逃げ出しました。

「待て！」

とばかりに太三は仲間を連れて追いかけてきます。

大蛇に追いかけられてもどうってこともなかったあっしですが、この時ばかりは胆《きも》を冷やしましたねえ。何たって、見知らぬ処《ところ》でただ一人、荒くれどもに追い回されたんですから。下手《へた》すりゃあばらばらにされて海に捨てられちまうかもしれねえ……。

とはいえ、あっしの足の速さに敵《かな》う者などおりやせん。五町《ちょう》も駆けりゃあ誰もついて来ちゃあいませんでしたが、気が緩《ゆる》んで立ち止まってみれば、太三の野郎一人だけが駆けてくるじゃあありませんか。

「待て！　お前、なかなか足が速《はえ》えじゃねえか」

太三が吠《ほ》えました。

相手は太三ひとりだ。あっしは堂々として、

「お前こそ、おれに追いつくとは大したもんだ。誉めてやるぜ」

と、言い返したら、

「お前ごときに誉められてたまるか。おれは韋駄天《いだてん》の太三と言われた、安房の国

一の足自慢なんだよう」

なんぞと吐かしやがった。

「お前が韋駄天なら、おれは百足《むかで》と呼ばれた足自慢だ。何なら駆け比べをしてやろうか」

あっしも安房一と言われりゃあ江戸の意地が頭をもたげてきまさあ。そんならこれから十里先の木更津《きさらづ》まで駆け比べだとばかり走り出したんでございます。そこからはもう互いの意地をかけて、とにかく走りました。道中、飛脚《ひきやく》、早駕《はや》籠《か》《ご》をどれだけ追い抜いたかしれやせん。

旅の者の横をすり抜けたら、後ろの方で、

「今、通り過ぎていったのは天狗《てんぐ》かい！」

なんて言葉が聞こえてきました。

「天狗じゃねえや韋駄天だい」

「百足だい」

などと叫んでいるうちに、どういうわけかこの太三と気心が知れるようになって参りやしてね。

なんたって、このあっしの足に遅れずについてきたのは太三が初めてでございましたから――。

そうして一刻《いっとき》も経たねえうちに二人とも木更津の宿へ入ったんでございますが、その時、あっしの足がわずかに早く道標を越しやした。

「おれの負けだ……。いや、お前みてえに足の速い男は見たことがねえや……。こいつはおみそれ致しました……」

太三は潔《いさぎよ》く負けを認めやしてね。それであっしも初めて名乗りをあげて、旅籠へ入って兄弟分の盃《さかずき》を交《か》わしたのでございますよ。

「源蔵兄ィ、おれはまだ独り身だが、いつか子が出来たら、兄ィの名をひとつもらって〝源太《げんた》〟にさせてもらうよ。この先何かあったらいつでも呼んでくれ。なに、おれの足なら江戸まではひとっ走りだ……」

太三はそう言ったものの、馬鹿な野郎でも立派な漁師だ。あっしなんぞに関わらねえ方が好いと思って、ついぞ繋ぎをとっておりやせん。

まあおそらく今頃は、源太という倅と仲好く漁へ出ていることでございましょう。おなみと一緒になったかどうかはしれませんがね。

あの頃を思うと、あっしの足も随分《ずいぶん》と老いぼれちまったもんでございますよ。

こいつは嘘《うそ》じゃねえんで、本当の話なんでさあ……。

第三章

棒《ぼう》手《しゅ》裏《り》剣《けん》

一

思えば世の中には、秋月栄三郎と正兵衛のように、人間としてのおめでたさやおかしみを共有していて、切っても切れぬ肉親の情を日常生活において深めていく息子と父がいれば、〝ふく屋〟の福太郎と洞穴の源蔵のように、いずれもが愛すべき男であるにもかかわらず、共有する価値観がなく、想《おも》いが微妙にすれ違い他人行儀となってしまう息子と父もある。

そして、身内にも世間にも強烈な印象を残して死んでしまった父の影に気圧《けお》されて、いまだに父子《おやこ》の関係を築けぬままに、この世に一人取り残された柊木政之介のような息子もいる。

秋月栄三郎を屋敷に招いて以来、政之介はどうも落ち着かないでいた。

今務めている諸門の警衛《けいえい》は非番が多く、どちらかといえば閑職《かんしょく》であるゆえ、合間を見ては畑中道場に汗を流しに行っていたが、秋月栄三郎との思わぬ出会いによって、差口奉公《さしぐちぼうこう》をしていた源蔵がいまだ父・政右衛門の面影《おもかげ》を慕《した》い、黒塚の紋蔵の姿を追っていると報《しら》され、何とも心が揺《ゆ》れ動いたのである。

もっとも、黒塚の紋蔵の姿を追うなど雲を摑《つか》むような話で、源蔵はその行いを、女房に死に別れ、息子夫婦に店を任せた後の己《おの》が喪失感を埋めんがための方便にしていることと思われたが、いずれにせよ父・政右衛門を慕い、その死について納得がいかないという源蔵の想いがひしひしと伝わってくる。

この三年の間、政之介は、月命日ともなれば毎度のごとく訪ねてくれる竹市亮蔵と在《あ》りし日の政右衛門の姿を偲《しの》び、父を忘れぬ想いを回向《えこう》に傾けてきた。

しかし、父がいかに凶刃《きようじん》に倒れたかという事実に向き合ってこなかった。

父のむごたらしい最期《さいご》から目をそむけたかったという想いもあったが、何よりも政右衛門は生前息子に対して、

「この父が役儀において命を落とすようなことがあったとて、それは天命であり時の運というものだ。何を恨《うら》むでないぞ。役儀において起きたことは、役儀によって正されるであろう。そこにお前の私情を挟んではならぬ」

固く戒《いまし》めていたのである。

御先手組《おさきてぐみ》与力にとって、火付盗賊改方《ひつけとうぞくあらためかた》の加役を務めることは、肉体的にも金銭的にも大きな負担を強《し》いられることになる。

それを長年勤めあげたのは、政右衛門が犯罪への取組みに長《た》けていたからでも

させて頂こうと思うております……」

「倅《せがれ》には到底勤まるものではございませぬゆえ、その分も、この政右衛門が勤め

あるが、

と、予々《かねがね》口にしていたように、自分の功と引き換えに、倅・政之介には可能な限り本役、当分加役の任期以外、この職に留め置かれることのないように、組《くみ》頭《がしら》へ密《ひそ》かに願い出られるよう実績を重ねるためであったといえる。

「政之介、お前は何事に対しても手を抜くことができぬ男じゃ。おそらくお組頭に従って火付盗賊改の加役に就けば重宝《ちょうほう》がられるのは必定《ひつじょう》。さすればおれのように、お頭が交代した後もさらに火付盗賊改に留め置かれることになるやもしれぬ。だがお前は人が好く優しい気性《きしょう》ゆえ、そもそも血なまぐさいこのお役には向かぬ。長く留め置かれればそれだけ身も心も磨《す》り減らしてしまうであろう。それゆえ、お前はくれぐれも父の真似《まね》をするでないぞ」

そして政右衛門は、何ゆえに自分が息子には火付盗賊改は勤まらぬと公言しているかという理由を、このように息子に伝えたのである。

それは自分への父の深い情であったと思う。

だが、その反面、父は自分の器量に疑問を覚えていたからではなかったのか

と、同時に父に認められなかったことを嘆《なげ》きもした。

実際、政之介は父に負けじと畑中道場へ通ったが、父ほどの上達を遂《と》げることはできなかった。

気働きにおいては、父以上に人が今欲していることが即座にわかる機転の好さを、自分は持ち合わせているとは思う。

かと言って、政右衛門のように、道場へ行った帰りに荒くれ浪人たちと喧嘩《けんか》をして勇名を馳《は》せた、そんな武勇伝もないままに大人になった政之介であった。残忍極《きわ》まる悪党どもと渡り合う時の獣《けもの》の本能に似た勝負勘などとなると、父には遥《はる》かに及ばない。

結局、政右衛門が凶刃に倒れた後家督を継《つ》いだものの、政之介は火付盗賊改方へ召し出されることはなく、政右衛門がかつて配されていた御先手の鉄砲組へ出仕することになったのである。

生前の父の密かな運動が功を奏したともいえるが、今の政之介を召し出したとて役に立つまいと判断されたと言うべきであろう。

政之介は父に言われた通り、黙々と自分の役儀を務め、父の仇《あだ》の探索は火付盗賊改方の役人たちに預けて、ひたすらに宮仕《みやづか》えの日々を送ってきた。

私情を持ち込まずにお上を信じるその態度を潔《いさぎよ》い、あっぱれだと言う者もいたし、柊木父子はあまり折合いが好くなかったのではないかと、政之介の冷静さをうがって見る者もいた。

世の中の評価とは所詮《しょせん》そのようなものであるが、政之介はとにかく父が生前自分に言い聞かせていた言葉に従うことこそが供養だと思った。

一通り父の死因の説明を受けたが、それをさらに突っ込んで訊《き》こうとしなかったのは、以上のような複雑な想いがあったからだ。

だがあれから三年も経《た》ち、自分も一端《いっぱし》の御先手組与力となった。いつ、火付盗賊改方の加役を仰《おお》せつかることになるやもしれぬ身である。

いまだ黒塚の紋蔵は生きているやも死んでいるやもわからぬ上に、盗まれた金も出てきていないでは、御先手組そのものの面目《めんぼく》が立たぬのではないか――。

今となれば、父の死因も落ち着いて目をそむけずに考えることもできよう。

一昨日、秋月栄三郎が、手裏剣が首筋に縦に突き立ち背中から刃《やいば》で刺されたのならば、相手は少なくとも二人いたに違いないと言った。

いや、それは何かの拍子《ひょうし》に屈《かが》んだところに不覚にも手裏剣を身に受け、そのまま前へつんのめったところへ刃物を振り下ろしたのだという当時の見解を示すと、なるほどそういうことかと栄三郎は納得したが、よくよく考えてみると、政之介の頭の中にいくつかの疑問が生じてきた。

政之介はいても立ってもいられずに、柊木家の組屋敷からは目と鼻の先にある竹市家の屋敷に亮蔵を訪ねた。

「おお、おぬしが訪ねてくれるとは嬉《うれ》しいことじゃ」

亮蔵は屋敷の庭で、足を少し引きずりつつ幼い孫に剣術を指南していたが、政之介の来訪を知り、手を取らんばかりに迎えてくれた。

竹市家もまた、亮蔵がこの孫の父親である息子の亮左衛門に跡を継がせていた。

亮左衛門とは組が違うせいもあったが、親同士の交誼《こうぎ》を考えると、あまりに寂しい付き合いとなっていた。

亮左衛門は学問の才に優れ、子供の頃から修学に忙しく、言葉を交《か》わすこととてほとんどなかったのである。

出仕して後は政之介と同じく諸門の警衛に務めているが、今日はその番の日で屋敷にはいなかった。

「本日は非番でございまして……」

政之介は突然の来訪を謝したが、

「何の隠居の徒然《つれづれ》を思い、気遣《きづこ》うてくれたのであろう……」

竹市亮蔵は、他人行儀な物言いはよせとばかりに自室へ請《しよう》じ入れてくれた。

亮蔵は痛む足を不自由そうにして座ると、その姿を見せるのがいかにも恥ずかしそうに、

「まったくこの様《ざま》では、政右衛門に顔向けができぬわ」

開口一番そう言った。

かつては父・政右衛門と共に火付盗賊改方において数々の武功をあげ、長く加役に留め置かれた剛の者も、今では挙措《きよそ》動作に精彩がなく哀愁《あいしゆう》を帯《お》びている。

「いえ、いまだ何かと気にかけてくださる小父《おじ》様のことを、父もありがたがっていることでしょう」

政之介はそう応《こた》えて、亮蔵の無念を慰《なぐさ》めてやるしかなかった。亮蔵は頭を振って、

「先だって、あの源蔵がいまだに黒塚の紋蔵の姿を求めていると聞いて、それが心に沁《し》みた。一介《いつかい》の町の親爺《おやじ》のあ奴《やつ》でさえ、悔しい気持ちを持ち続けているというに……」

亮蔵は大きな溜息《ためいき》をついた。

秋月栄三郎の来訪によって源蔵の今を知ったことが、亮蔵の心を苦しめているようだ。

掛ける言葉を探す政之介に、

「おれは情けないことをした……。あの日、黒塚一味が池之端の料理屋にいるとの報《しら》せを受けた時、おれはこの機を逃してなるものかと、確かな備えも致さぬままに身の廻りの者たちだけで踏み込んだ……」

その結果、盗人《ぬすっと》たちに思わぬ反撃を受け、五人全員を死なせてしまうことになった。それによって、世間に顔を見られたことのなかった黒塚の紋蔵が五人の中にいたかどうかも、隠した金がどうなったかもわからなくなってしまったのだと、亮蔵は声を絞《しぼ》り出すようにして続けた。

「おまけに、一味の仕返しを受けたのが、おれではなく政右衛門であったとは……」

政之介は亮蔵が力なく嘆く姿を前にして、三年前の父の死についてあれこれ訊こうとしたものの、何も言えなくなった。

訊けば我が身の不甲斐《ふがい》なさを、きっと亮蔵はくどくどと詫《わ》びるに違いなかった。

柊木政右衛門の死の衝撃で、竹市亮蔵は当時、随分《ずいぶん》と錯乱《さくらん》したと政之介は聞いていた。

冷静さを失い、しばらくはまともに探索ができなかったと――。

すっかりと老けこんだ今、当時のことを訊いたとて仕方がないことだと思ったのだ。

思《おも》いの外《ほか》亮蔵は、洞穴の源蔵の近況を聞いて、のうのうと隠居暮らしを送っている自分に対して情けない思いをしているようだ。

「いや、本日お訪ねしたのは、亮左衛門殿の噂《うわさ》を耳にしたからでござりまする」

思わず政之介は嘘《うそ》をついてしまった。

〝お前は人が好く優しい気性ゆえ、そもそも血なまぐさいこのお役には向かぬ〟

政之介が火付盗賊改方に留め置かれることを案じていた父・政右衛門の言葉が胸の内で蘇《よみがえ》った。

――なるほど、確かにおれは人が好い。

少々亮蔵を泣かせようが、当時政右衛門殺害についての取り調べを行ったのは竹市亮蔵であったのだ。納得いくまで訊けばよいのだが、やはり政之介にはそれができなかった。

亮蔵の自慢と心の拠《よりどころ》となっている、竹市家の当主である亮左衛門の話題に逃げた。

「おお、あの噂のことか……。いやいや、あれはただの噂に過ぎぬよ……」

案の定、否定をしつつも亮蔵の顔に生気が漲《みなぎ》り始めた。

噂とは、亮左衛門が支払勘定方へ栄進するのではないかというものであった。

今から八年前のこと──御先手組与力で、火付盗賊改方に勤めたこともある近藤重蔵《こんどうじゆうぞう》は、湯島聖堂《ゆしませいどう》の学問吟味《ぎんみ》において優秀なる成績を修めたことによって、翌年に長崎奉行手付出役《てつけでやく》へ、さらにその二年後には帰府して支払勘定方へと栄進した。

その後も栄達を続け蝦夷地《えぞち》御用などを務める近藤に刺激を受け、竹市亮蔵は学才のある亮左衛門にしっかりと学問を修めさせた。

その甲斐があって、近々栄進が叶《かな》うのではないかと噂されていたのである。

「まあ、倅めも学問に励んできたゆえにな。それが報《むく》われてくれたならばこれほどのことはないが……。ははは、そうか、おぬしはそのことを聞きつけて、隠居を冷やかしに来てくれたのか」

亮蔵も人の親である。黒塚の紋蔵一味を潰滅《かいめつ》に追い込みながらも、紋蔵の生死が知れぬまま盟友を殺されるという後味の悪い結末のまま隠居をした身にとって、息子のことを誉《ほ》められるのは何よりの和《なご》みであるのだろう。

「小父様のその笑い方を見まするに、満更《まんざら》ない話でもござらぬようで……」

「これ、そのように冷やかすでない。お組頭の方に話があったとかなかったとか。ほんとうにこの隠居も知らぬことなのじゃよ……」

たちまち顔に笑みが戻った亮蔵を見ながら、思えば父・政右衛門はただただ息子である自分の身を案じ、その息子からは何ひとつ好い想いをさせてもらえないままに世を去ったものだと、今度は政之介が自分の不甲斐なさを思い知ることになる。

――おれはここへ何をしに来たのだ。

せめて、竹市亮蔵の心を慰めることができたならばそれでよかったかと思いつつ、政右衛門は自分のこのような人の好さを評してくれていたのであろうか、困ったものだと顔をしかめていたのかわからぬが、いずれにしても何か事を起こすに当たって不決断な自分を父は見事に見抜いていて、それを案じていたことが偲ばれる。

「御先手組の倅が学問ばかりできたとて仕方がないのだが、どのような形にせよ、お上に御奉公ができれば好いと思うているのじゃよ……」

政之介はつくづくと己が性分《しょうぶん》をかこちながら、亮蔵の笑顔を眺めていた。

二

「ふッ、ふッ、竹市の隠居もすっかりと老け込んだものだな」

「いや、心中思うに余りあるというものだ」

「おぬしの親父殿の仇を討つと息まいたものの、何やら情けない身の退《ひ》き方となってしまったゆえにな」

「隠居した途端に気が抜けたのであろう」

「一筋縄《ひとすじなわ》ではいかぬ男であったが、人というものは哀《かな》しいな」

「まったくだ」

「それで、息子自慢を聞かされて、あえなく退散したというところか」

西崎右門《にしざきうもん》は豪快に笑った。

竹市亮蔵にあれこれ父・政右衛門が殺された一件を訊《たず》ねようとしたものの、結局隠居の徒然《つれづれ》を慰めて屋敷を辞した柊木政之介は、勤めを早々と終えて帰宅してきた右門と出会い、誘われるがままに彼の組屋敷へと入った。

西崎右門は政之介と同年で、父親の早世によって政之介より少しばかり早く勤めに出て、今は火付盗賊改方の与力として活躍している。

柊木家と西崎家は遠縁にあたり、昔から何かと交流があり、二人の気心も知れていた。

しかし、右門が火付盗賊改方に勤めてからは顔を合わす機会もなく、久しぶりの邂逅《かいこう》となったのだ。

そしてこの偶然は、政之介にはありがたかった。

父の死について語るには、竹市亮蔵の他に西崎右門しか思い当たらなかったのだ。

とはいえ、今や火付盗賊改方ではなかなかに重用《ちょうよう》され、かつて柊木政右衛門や竹市亮蔵がそうであったように、西崎右門は長官が交代した後も火付盗賊改方に留め置かれていて多忙を極めていた。

私的なことを問い合わせるには気が引ける存在になっていたのである。

柊木政右衛門のことを訊ねようとしたものの、結局息子・亮左衛門の自慢話を

聞かされて退散したと聞き、右門は大いに笑ったが、

「して、その訊ねようとしたこととは何だったのだ」

やがて政之介に鋭い目を向けた。

さすがに火付盗賊改方で重用される右門であった。表情にえも言われぬ威風が備わっている。

彼のその様子が政之介の舌を滑《なめ》らかにしてくれた。

「父の死に今までしっかりと向き合ってはこなかった。それが悔やまれてな……」

政之介は手裏剣を受け、背中から刺されたという調べについて、ここにきて、あれこれ考えさせられたのだと右門に述べた。

秋月栄三郎は、柊木政右衛門ほどの手練《てだれ》を襲うのだ、まず一人が高みから棒手裏剣を投げつけ、もう一人が背後から襲うという、待ち伏せによる複数の刺客《しかく》の犯行ではなかったのかと推理した。

これは竹市亮蔵らが当時下した詮議の結果とは異《こと》なる。おそらく亮蔵たちも栄三郎と同じ推理もしたことであろうが、そうすると下手人は柊木政右衛門の動きを読んでいたことになる。

手練の政右衛門が、微行《びこう》の見廻りの道筋を賊に知られることはありえない。

それで、たまたま巡回中の政右衛門の姿を見かけた黒塚一味の者がこれを付け狙い、何かを踏んだか跳ねをあげたか、足下が気になって屈み込んだ政右衛門に、頃やよしと棒手裏剣を投げつけ、これが首に刺さって前のめりになったところへ駆け寄り、その背中に刃を突き立てたのではないかと判断した。

だが、ここで気になり出したのは、刺客の人数でも待ち伏せの有無でもなく、当日政右衛門が着用していたという編笠《あみがさ》の存在である。

政右衛門が殺されているのが発見された時、政右衛門の骸《むくろ》の傍《そば》に笠が落ちていたという報告があったことを思い出したのだ。

つまり、殺された時、政右衛門は笠を被《かぶ》っていなかったのだ。

「そのことがどうも気になり出したのだ……」

政之介は右門に言った。

「なるほど……」

右門は政之介の疑問に身を乗り出した。

「おぬしから今日そのことを聞かされるとは思ってもみなんだ。実はな、おれもそのことが気になっていたのだ……」

右門が火付盗賊改方与力として任に就いたのは、柊木政右衛門殺害の一件が起こってしばらく経ってからのことであった。

遠縁でもあり、仲の好かった政之介の父親のことである。右門もよく政右衛門のことを知っていたし、任に就けば政之介の無念も共に引き受けて、賊の探索に当たろうとした。

「とはいえ、その頃のおれは新参者で、竹市の隠居がまだ張り切っていた頃だ。あまり出しゃばったこともできず、あれこれ御用繁多で、なかなかおぬしのお父上のことに手が回らなかったのだ」

その間、火付盗賊改方の内でも黒塚の紋蔵についての探索は進められていたのだが、竹市亮蔵が致仕《ちし》してからはそれも尻《しり》すぼみになった。

生きているか死んでいるかさえわからぬ黒塚の紋蔵の行方を追ったところで虚《むな》しいことであったし、それ以後ぴたりと盗人どもの跳梁《ちょうりょう》もなくなり、急速に火付盗賊改方の中で、あの一件は忘れ去られようとしていたのである。

無理もない。火付盗賊改方は御先手組が加役として臨時に務めるお役で、本役は一年の任期、これを補う当分加役は半年、増役は一時的なものであるから、過去の一件に興味が湧《わ》くことも少ない。

「まったく情けないことだが、役人というのはそのようなものだ」

「そのことはよくわかる。右門の気持ちはありがたい」

「だが、やっとおれにもあの一件について調べる余裕が持てるようになってきたのだ。そこでまず、合点《がてん》がいかなかったのはおぬしの言う編笠のことだ。何ゆえ、笠を被っていなかったのか……。政之介、おぬしが探索をする立場であったとしたら、わざわざ笠を持って出ながら被らぬ理由はなんだ」

「夜に編笠などを被っていると、かえって怪しまれる。夜目に顔ははっきりと見えぬゆえ、これを手に持って歩いた方が浪人らしく見えるゆえだ」

「うむ、その通りだ」

「だが、あの一件があった日は夕刻から霧のような雨が降っていたと、おれは覚えているのだ」

「そうだ、降っていた。覚書にもそう書かれている。ならば夜でも笠を被るのが当たり前のはずだな」

「だが、父は笠を脱いだまま倒れていた。なぜだ」

「お父上を殺した相手が、今一度面体《めんてい》を改めようとして、殺害の後、笠を取ったということか」

「となると、棒手裏剣は笠を被った時に投げられたことになる。おれはそれにもどうも合点がいかぬ」

首を傾《かし》げる政之介を見て、右門は我が意を得たりと膝《ひざ》を打った。

「そこだ。政之介、おぬしはなかなか大したものだ。火付盗賊改としてすぐに勤まるぞ」

「大げさだよ……」

政之介は少しはにかんでみせたが、西崎右門が政右衛門の一件を忘れず調べてくれていて、自分と同じ疑問を覚えていたことに内心興奮を覚えた。

「おぬしのお父上は棒手裏剣を首筋に受け、その後背中から刺されたのではなく、まず背中を刺された後、首筋に棒手裏剣を刺された——そう思ったのであろう」

「いかにもその通りだ。棒手裏剣が縦に首筋に突き立つということは、父より高い所にいた者が投げてこそのものだ。だが、編笠を被っていれば狙いにくいし、父とて中西派一刀流の遣い手であった。棒手裏剣が笠に触れようものならその刹《せつ》那《な》、体が動いてむざむざと首を狙われるようなこともなかろう」

「となると、まず背中から刺された……。とはいうものの、見廻り中で気が張っている柊木政右衛門ほどの者が、いきなり背後から刺されるのも妙だ」

「よほど油断をしていればありえぬことではないが……」

「左様《さよう》、おぬしのお父上は油断をした。たとえば存じよりの者に声をかけられ、話があるゆえ近くの料理屋へ入ろうと誘われる。その時、相手も傘《かさ》を畳むか、あるいは笠を取る。つられてこちらも笠を取る。この時、一時両の手が塞がる。そこへ、思いもかけぬ相手から背中を刺される……」

右門は話す声に力を込めた。

「それから賊は父の首筋に棒手裏剣を振り下ろして、直《じか》に刺したということだな」

「いかにも」

「それはなぜだ」

「ここまでくればわかるであろう。黒塚の紋蔵一味の仕業《しわざ》に見せかけるためだ」

右門は真っ直《す》ぐに政之介を見た。

「では、黒塚の紋蔵は……」

「おそらく竹市の隠居が襲った時に死んだ盗人の中に含まれていたのであろう」

「すでにこの世にはいない、ということか」

「そう考えるのが妥当ではないかな。その後、一味が現れた様子はない」

「う〜む……」

政之介は腕組みをして唸《うな》った。

ここで問題になるのは、父を油断させた相手が何者であるかだ。

右門の話を聞く限りにおいては、身近な存在と受け止められる。

「まさか父を殺したのは……」

「ああ、そうは考えたくないが、おれはそのまさかではないかと疑っている」

右門は神妙に頷《うなず》いた。

「いや、そんな馬鹿な。火付盗賊改の中にそのような者が……」

「おれもそう思いたくはないが、考えれば考えるほど、調べれば調べるほど、そう思われてくる」

「心当たりはあるのか」

政之介は低い声で問うた。

「ないとは言えぬ」

右門は静かに応えた。

「だが、江戸において火付盗賊、破落戸《ならずもの》を取り締まるべき我らの内にそのようなことがあったとすれば、これは大事《おおごと》だ。事を急いでは握り潰《つぶ》される恐れもある。確たる証《あかし》を摑まねばな……」

「そうであろうな……」

「それゆえ、今はまだおぬしにも詳しいことは言えぬが、火付盗賊改方の中には素行の悪い者が少なくない。特に古参の同心などにはな……」

それでも悪人追捕《ついぶ》にかけては腕が好く、市井《しせい》の裏事情にも詳しいことから、長く火付盗賊改方に留め置かれていることが多々あるのだという。

長くひとつの役職にいることによって、柊木政右衛門や竹市亮蔵のような名与力を生むこともあるが、それを好いことに、裏で悪事に手を貸す者も出てくるものだ。

その悪事を政右衛門に知られた者がいたとしたら――。

政之介の口からその言葉が出かけたが、

「今は何も言わず、おれに任せてはくれぬか」

右門は強い口調で言った。

政之介は、追及したとて実のあることではない一件に立ち向かおうとしている右門の気持ちに感じ入り、しっかりと一礼してみせた。

「ありがたい」

右門の口許《くちもと》が綻《ほころ》んだ。

「事はじっくりと運ばねばならぬのだ。それにしても政之介が、あの一件についてそこまで考えていたとはな……」

「いや、おれは最前申したように、父の死から目をそむけていたのだ。それが、ふとしたことから、父の下で差口奉公をしていた源蔵という男が、いまだに父の死を無念に思ってくれていることを知ってな……」

政之介は秋月栄三郎との出会いと源蔵の近況を右門に語った。

「なるほど、それで心が動いたわけか。おれも一度、その秋月栄三郎という剣客《けんかく》に会ってみたいものだな」

右門はさぞかし味わい深い男なのであろうと想いを馳《は》せた。

「人の世というものはおかしなものだ。昨日今日会ったばかりなのに、長年の知《ち》己《き》よりもなお、己《おのれ》をさらけ出してみたくなる……、そんな男が確かにいる。それに、源蔵という男、何やら哀れなものだな。追い求める黒塚の紋蔵は、おそらくこの世におらぬであろうものを……」

しみじみと語る西崎右門を見ていると、その姿が自分よりも数倍大きなものに思えて柊木政之介の胸を締めつけ、切なくさせた。

三

さて、秋月栄三郎はというと——。

彼は今、師走《しわす》に入った江戸の凜《りん》とした風に吹かれながら、鉄砲洲の仮住まいから四谷への道を進んでいる。

柊木政之介が昔馴染《なじ》みの西崎右門との邂逅を得た、三日後の朝のことであった。

先日、柊木政之介の屋敷に招かれた折、栄三郎は今日のこの日に四谷仲殿町の畑中道場へ稽古《けいこ》に行くので、またお相手願いたいと約していたのだ。

あの日栄三郎は、洞穴の源蔵という男がいまだに政之介の父・政右衛門のことを恩義に思い、毎日墓参に通うがごとく健気《けなげ》に黒塚の紋蔵の探索を続けているということを伝えた。

それは栄三郎が父・正兵衛の言い付けから始めた、源蔵への念の入ったお節介のひとつであった。

畑中一風斎の道場で稽古することによって政右衛門の息子、政之介と知り合い、たちまち意気投合して、政右衛門の事件について一説ぶったし、政右衛門の盟友・竹市亮蔵とも会えた。

そしてその成果を源蔵に伝えたところ、源蔵はこれに胸を熱くして、残り少ない探索の日々を一番手柄で飾ろうと大いに元気づいた。

剣客としての未来が描けず日々の暮らしに倦《う》む栄三郎を見て、父・正兵衛は、

「この世の中で、人に世話を焼くことほどおもしろいものはない」

と言った。

人の世話をすることによって繋《つな》がる損得抜きの上等の縁――それが栄三郎が修めた剣術の遣《つか》い道をも拓《ひら》いていくと。

何やらよくわからぬままに、それでも頭の上がらぬ親の言い付けであるし、渡された二両の金の弱みもあってここ何日もの間、畑中道場とふく屋、御先手組組屋敷と、四谷界隈《かいわい》を忙しく歩き回った栄三郎であったが、なるほど人の世話をすると、退屈な日々が何やら浮かれたものになってきた。

「ふむふむ、そうか、それはよかったやないか、親の言うことはよう聞くもんやな……」

一昨日はまた早朝から向島の料理屋へ正兵衛を訪ねて、それまでの報告をしておいた。正兵衛は息子の先日よりはるかに味わい深くなった顔付きを見るや、大いに喜んでくれたのだが、

「わしもそのうちにまた天龍寺の方へ寄せてもらうよってに、よろしゅう伝えておいてくれ。いっぺん寄ったろと思てるのやけどな、堂島のご隠居がなかなか離してくれへんねやがな……」

相変わらず忙しいらしい。

師走は気ぜわしく、遊所にはなかなか人が寄りつかず、これから始まろうとしている歳《とし》の市まではあまり活気がない。

その間隙《かんげき》をついて大尽《だいじん》遊びをするものだから、堂島のご隠居一行はどこへ行っても大事にされるそうな。

「暮れの面倒くさいことは皆にさせといて、正月に帰ったろやないか、いう話になってな。まだしばらくいてるよってに、そのうちゆっくり一杯やろ……」

父親の屈託のなさに感心するやら安心するやらで、昨日はまた正兵衛の言葉を伝えがてら源蔵に会った。

こちらの方は探索に何の成果もなかったようだが、源蔵は源蔵で胸の病などど

こ吹く風で、

「正兵衛の親方は達者でございますねえ。あっしも見習わねえといけやせんや……」

と、いたって元気に法螺《ほら》を吹きまくった。

――まあ、行く先々で喜ばれていれば世話はない。

このところ頻繁《ひんぱん》に栄三郎が顔を見せるので、福太郎、お恵夫婦もほっとしているようだ。

あれこれ困った父親の愚痴《ぐち》めいたことも、武士の体《たい》をなす栄三郎には、

「まあ先生、聞いてやってくださいまし……」

などという言葉もかけやすいし、源蔵もまた栄三郎の口を借りて息子夫婦の心配事を聞かされる分には、

「まあ先生、そんな分別《ふんべつ》くせえことを言うのはよしにしてくだせえよ」

などと笑って聞けるというものだ。

特に源蔵は今、柊木政之介が自分のことを懐《なつ》かしがり、いつでも訪ねてくればよいものをと栄三郎に語ったことを聞かされ、気分が好いのである。

今日、畑中道場でまた共に稽古をしようと約したのは、そのついでに源蔵の反

応を報せてほしいという政之介の要望であったが、栄三郎にとっては幸いなことになった。

栄三郎は、柊木政之介という男にどこか自分に通ずるところがあるような気がして、えも言われぬ親しみを覚えていた。

それは政之介にもまた、自分の生き方に自信が持てず、何かのきっかけを求め日々悶々《もんもん》としているような——そんな様子が見受けられたからである。

それゆえ無性《むしょう》に政之介と他愛《たわい》のない会話を交わしてみたくなった。

武士として生きていくにあたっての夢や望み、楽しみ……、そんな他愛のない話を。

あれこれ想いを巡《めぐ》らしつつ四谷へ向かう栄三郎はこの時、彼が源蔵を想って施《ほどこ》したお節介が柊木政之介の心を動かし、それがさらに政之介の旧友・西崎右門に伝わり、柊木政右衛門殺害の一件が意外な展開を見せ始めていることなど知る由もない——。

「先だってはすっかりと馳走《ちそう》になり、忝《かたじけの》うござりました」

「左様に畏《かしこ》まった物言いは無用になされよ。道場で共に汗を流す間に何の隔《へだ》てもございますまい。秋月殿は剣においては某《それがし》の先達《せんだつ》でございまするからな」

「はッ、はッ、先達とは大仰《おおぎよう》な……。だがありがたい。政之介殿とはまたあれこれと語り合いたいと思うておりましたゆえに」

「それはこの政之介も同じ想いでござった……」

はたして秋月栄三郎が畑中道場へ入ると、待ち構えるかのようにして柊木政之介が迎えてくれた。

栄三郎と同じように、政之介もまた栄三郎に会いたかったようで、二人が顔を合わせるとたちまち件《くだん》のような会話が交わされた。

「親分は、政之介殿が自分を気にかけていてくださると聞いて、随分と元気が出たようでござりましたぞ。もっとも、自分のような者が訪ねてはあれこれ迷惑がかかると申して、相変わらず一人で黙々と探索を続けておりますが……」

栄三郎はまず源蔵のことを伝えた。

「それはようござった……」

笑顔で応えたものの、この時ばかりは政之介も少し複雑な表情となり、

「あれこれ話したいことがござるゆえに、稽古が終わった後、一献《いっこん》付き合《お》うてはくださらぬか……」

と、栄三郎を誘った。

元より栄三郎もそのつもりであったから、これをありがたく受け、しばし二人は稽古に打ち込み、刻《とき》が流れた。

最後は栄三郎らしくわざと一本を譲ったものの、今日も政之介はなかなか栄三郎の体に竹刀《しない》を当てることができなかった。

道場師範の畑中一風斎は、

「栄三殿《えいざ》の剣はおもしろい。一日の初めに会《お》うた時に何やら嬉しそうな顔をしていると、その日の立合いはとびきり好いような気がする」

と、これを評したものだが、稽古が終わると、栄三郎は政之介に、

「よく剣の師である岸裏先生にも同じことを言われたものです。お前は何かに浮かれている時と怒っている時はやたらと強くなる……。だが、剣の腕前に天気があってはなりますまい……」

そう言って苦笑いを浮かべた。

柊木政之介は秋月栄三郎を、道場の南に集中する寺の間を抜けた閑静な所にある料理屋へと誘った。

ここは名物の〝けんちん汁〟が絶品だという。

昆布《こんぶ》でとった出し汁に野菜の味が絡《から》まって、寒くなった今頃にはありがたい一品である。

汁に体を温め、一杯の燗酒《かんざけ》に心をほてらせると剣術談議が続いた。

政之介は栄三郎の腕前ならば道場を持ったとておかしくはないと言い、お天気剣法では剣術師範としてやっていけるものではないと栄三郎が応える。すると政之介は、

「それならば某は、一朝《いっちょう》事ある時は先鋒《せんぽう》を務める御先手組の与力など畏れ多いことでござるな」

と、溜息《ためいき》混じりに応えた。

「なんの、政之介殿は五つ六つ某より年若でござる。まだまだ腕を上げられましょう。畑中先生のお話によると、政之介殿は某と違って稽古を怠《おこた》らぬとか。稽古を重ねることが何よりも大事でござる」

太刀筋《たちすじ》は悪くないのであるから自《おの》ずと強くなるに違いないと、栄三郎はこれを励ました。

政之介はつくづくと頷いて、

「同じことを父からも言われました。お前の剣の腕がなかなか上達致さぬのは、

お前の優しさが邪魔をして、相手を討ち果たさんとする気迫に欠けるからだ。だがその性分《しょうぶん》は直せるものではないし、直すべきものでもない。とはいうものの、剣が弱くてはお役は務まらぬ。この上は、相手の気迫に勝《まさ》る技を身につけろ。技を身につけるには稽古を積むしか道はない……」

「なるほど、よくわかりますよ。優しさは勝負に仇を為《な》す。ならば技を磨《みが》き、稽古に精進《しょうじん》しろ……」

「それゆえ、稽古は欠かさぬようにして参ったが、なかなか技も身につかぬ。そもそも父親に言われた通りのことしかできぬようでは、何をしたとて同じことかもしれませぬな」

いつまで経っても自分は父親の掌中《しょうちゅう》にいて、そこから抜け出せないでいる——それが、政之介がここ三年の間心の奥に抱き続けた悩みであった。

父は〝ほど〟を自分に求めた。二百石《こく》を食《は》む身とはいえ、御先手組与力は御目見得《おめみえ》以下で、そこからの立身など文武いずれかによほど突出していなければ叶うものではない。

となれば、命大事にお役を務め、他人に足をすくわれることなく二百石を保つことが、政之介のようなおっとりとした男には何よりだと見たのである。

それは、武勇に優れ火付盗賊改方に長く留め置かれて数々の手柄をあげながらも、結局は一人の与力のまま身を磨《す》り減らし凶刃に倒れた父・政右衛門自身が物語ってくれた。

とはいえ、柊木政之介はこれから長きにわたって御先手組与力として生きていかねばならない。だが、父・政右衛門は、いかにして日々暮らしていけばよいかを教えぬままに死んでしまった。

「某は父を敬《うやま》っておりました。それゆえ父の言い付けには素直に従ってきた。だが、思わぬところでその父を失い、お役目を務める他は、父の言い付けを守って剣術道場に通うだけのおもしろくない男でござる……」

政之介の剣術談議はいつしか、父・政右衛門を失い、いまだ人生の指針を立てられずに悶々《もんもん》として暮らす自分の屈託の吐露へと変わっていった。

「ははは、これは下らぬ話をしてしもうた。勘弁くだされ、なかなかこのような話をする相手も機会もござらぬゆえに、ついうだうだと……。酒がまずうなりまするな」

秋月栄三郎という男ならば己が悩みを理解してくれるのではないか、政之介はそう思って今日の出会いを楽しみにしていたのだが、さすがに己が愚痴めいた言動に恥じ入った。

「いやいや、これは驚きましたぞ。先手を打たれたような想いにござりますよ」

栄三郎は、政之介がしみじみと語った屈託を我が事のように捉《とら》えて顔を紅潮させた。

「先手を打たれた？」

首を傾げる政之介に、栄三郎は何度も頷きながら、

「この栄三郎も、まったく政之介殿と同じような屈託を抱えておりましてな

……」

栄三郎は、自分の最大の理解者である剣の師・岸裏伝兵衛が廻国《かいこく》修行に出てよりこの方、剣客としての暮らしに疑問を覚え、無為な暮らしを送っていたこと、それを大坂から出て来た父親に見破られ、楽しみを見つけろ、そのためにはまず人の世話を焼けと言われてあれこれ動き回ったら、何とはなしに光明が見えてきたことなどを語った。

「なるほど、楽しみを見つければ短い人生も捨てたものではない、か」

政之介は大いに感じ入り、

「そうだ、楽しみを見つけることだ……」

噛《か》み締めるように言った。

「秋月殿の剣は人の世話をすることによって、真《まこと》、生かされていくのやも知れませぬな。それがどう生かされるかと問われると、すぐには答えられぬが……」

「いや、その一言を聞けば満足でござる。己が心の内では楽しみを見つけていたとて、それを誰かにおもしろいと認めてもらわねば何やら不安でござってな」

「よくわかる……。こういう話は、なかなか身近な者にできるものではござらぬゆえに……」

「いや、真に……」

男というものは、親しい間柄ゆえに打ち明けられぬこともある。仕事場の同僚であるがゆえに見せたくない心の弱みがある。

物事の考え方が同じで似た悩みを持つ、日頃あまり会わない相手とこそ語り合いたいことがあるのだ。

「今日は互いに会えて、よろしゅうございましたな」

栄三郎が満面に笑みを湛《たた》えると、

「某も楽しみとするものが出来てござる」

政之介は少し勇んで言った。

「お訊ねしてもよろしゅうござるかな」

「秋月栄三郎殿ならばこそ申し上げよう」

「ありがたい。心してお聞き致そう」

「父・政右衛門の最期を、洞穴の源蔵に負けず、探索しとうござる」

「それはようござりまするな」

「いつか某も火付盗賊改の加役に就くこともござろう。その時は父の戒めをものともせず、悪人どもを震えあがらせてやりとうござる」

「まずその手始めとなされるわけですな」

「いかにも」

「何か手応えはござりましたかな」

「詳しいことは申されぬが、黒塚の紋蔵は十中八九《じっちゅうはっく》この世にはおりますまい……」

政之介はそう言うと、舐《な》めるように飲んでいた冷めた燗酒を苦い顔で飲み干した。

「やはりそうでしたか……」

栄三郎は大きく息を吐いた。

「源蔵には気の毒なことであったが……。いくら探索したとて、黒塚の紋蔵は現れまい」

「そういうことなのでしょうねえ」

政之介が栄三郎に伝えておきたかったことのひとつであったのだが、

「あっしの勘じゃあ師走に奴は江戸へ入ってきますねえ」

などと法螺を吹きつつ、黒塚一味探索に意気込んでいた源蔵の顔が栄三郎の胸の内に思い出された。

「ここはひとつ、親分には何も言わずにおきましょう」

今年中でその探索を止《や》めると言っている源蔵なのである。ここは最後まで機嫌よくさせておいてやれば好いのではないかと栄三郎は言った。

「考えてみれば、黒塚の紋蔵がいなければ、あの親分も危ない目に遭《あ》うこともないでしょうし、むしろよかったというものだ……」

「秋月殿の申される通りでござるな」

政之介はしみじみとして頷いたが、栄三郎ははたと何かに思い当たったように、

「年が明けたら某がご案内致しましょうほどに、ふく屋へ立ち寄ってあげてくだ

さいませんか。それで一言、ご苦労と声をかけてやって、これから先の探索はおれに任せて、お前は隠居らしくしろと……」

少し声を弾ませながら言った。

「おお、それは一段とようござるな」

政之介の目が輝いた。

「そうか、某が行ってやればよいのだ。これはまた楽しみが増えた。秋月殿、その時まで、どうか源蔵をよしなに……」

「任せておいてくだされ。政之介殿も、今の楽しみをどうかお大切に。いつの日にか、お父上のご無念を晴らされたなら、あれこれこの秋月栄三郎にお聞かせくだされ……」

二人の武士は互いに威儀を正した。

その表情は二人ともにきりりと引き締まり、希望の笑みが浮かんでいた。

四

「おれのお節介がこれほどまでに役に立つとは……」

秋月栄三郎は源蔵の想いを伝えてやりたくて柊木政之介に近づいたのであったが、それが政之介の中で眠っていた闘志に火をつけ、柊木政右衛門の一件に変化が出始めていることに驚きと興奮を禁じえなかった。

政之介と別れて料理屋を出た時は、もうすっかりと日も暮れていたが、ここから天龍寺門前までは目と鼻の先である。

——親分の顔を見てから帰るか。

栄三郎はそう思い立った。

「秋月栄三郎殿ならばこそ申し上げよう」

柊木政之介がそう言ったので深くは問わなかったが、政之介の話では、黒塚の紋蔵は十中八九この世にはいないとのことであった。

となると、竹市亮蔵が踏み込んで結局五人全員が死んでしまったという賊の中に、紋蔵は含まれていたのであろうか。

そうであればいったい誰が柊木政右衛門を殺したというのだ。首筋に縦に刺っていた棒手裏剣は、日頃これを使う黒塚一味の仕業《しわざ》と見せかける方便だったというのか——。

三年前に、柊木政右衛門は黒塚一味の何者かによって仕返しのために殺されたと判断されたのである。これを再び詮議し直すのは、役人の世界にあっては、なまなかにできるものでないはずだ。

しかし政之介は、黒塚一味はすでにこの世にはないと言い切った。言い切ったならば、それだけの調べはついているのであろう。

政之介とは親しくなったので、その分、源蔵が慕う政右衛門への栄三郎の想いも強くなった。

そして、一刻も早く政右衛門を殺害した下手人が捕まることを祈りつつも、どうせ捜したとて手掛かりのひとつ見つかるものかと息子にさえも馬鹿にされているとはいえ、この三年の間、一人で探索に当たっていた源蔵の努力がまったくもって無駄であったことを改めて報されると、何とも源蔵が哀れになってきた。

残るは一月《ひとつき》足らず――それが済めば柊木政之介の口から労《ねぎら》いの言葉と、もうこの先は差口奉公の真似事は許さないという情のこもった叱責《しっせき》が源蔵に下されるのだ。

それまでは、できるだけ源蔵に構ってやりたいと栄三郎は思ったのだ。もう誰も取り合わなくなったという源蔵の法螺話を、いくつでも聞いてやろうと思ったのだ。

一度は源蔵の守《もり》をすることを勘弁してくれと父・正兵衛に願い出たものの、今はすっかりと法螺吹き親爺に構いたくて仕方なくなっている自分に、栄三郎は笑いが込みあげてきた。

政之介はいまだに勇名を馳せた父・政右衛門の掌中にいて、そこから抜け出せないと苦笑を浮かべていたが、自分はそれどころではなく、滅多に会わぬ父・正兵衛の膝の上で弄《もてあそ》ばれているような感さえする。

大木戸を抜けると内藤新宿の茶屋や旅籠《はたご》の軒行灯《のきあんどん》の明かりが、闇夜に薄紅色の花を咲かせたかのように浮かんで見えた。

少し行った仲町の料理茶屋の裏手で柊木政右衛門は殺害されたというが、表の通りはそのような惨事があったことなどまるで忘れているかのような賑《にぎ》わいであった。

ここを通り抜け、子育《こそだて》稲荷を南方へ折れ、玉川上水に架《か》かる橋を渡ると、そこが天龍寺である。

門前町の菓子店・ふく屋は宵《よい》の五ツを過ぎ、すでに店仕舞いされていた。

揚げ戸はまだ下ろされておらず、戸の隙間《すきま》からそっと中を窺《うかが》うと、福太郎とお恵が帳場で仲良く帳付けをしているところであった。

「夜分にすまぬ……」

栄三郎が戸を開けると、福太郎とお恵は手を止めて、

「これは先生、どうぞお入りくださいまし」

下にも置かぬ歓待ぶりを示した。

「いや、ちょっと近くを通りかかったものでな。親分の顔を一目見て帰ろうと思ったのだ」

栄三郎はそのまま仕事を続けてくれるようにと言ったが、源蔵は今出かけているらしい。

「こんな時分まで探索か……」

栄三郎が訊ねると、福太郎はいつもの困った顔を見せて、

「いえ、ちょいと稽古にね……」

「稽古……?」

この三年の間、源蔵は夕餉《ゆうげ》を済ませ日が暮れると、天龍寺裏手の木立《こだち》へぶらりと出かけるのが日課になっているらしい。

「いざって時に、暗闇でも目が利《き》くようにするための稽古だそうで……」

「そいつは物騒だな」

「いえ、誰も人が通りっこねえ真っ暗闇なところへ、追剝《おいはぎ》に来る馬鹿はいねえそうで」

福太郎は呆《あき》れた顔で言った。

「なるほど、それは道理だな」

「すぐ帰って参りますので、待ってやっておくんなさいまし」

夫婦が願うので、栄三郎はそのまま仕事を続けてくれるよう二人に言い置いて、源蔵の隠居部屋で待つことにした。

「夜目を鍛《きた》えるために暗闇を歩く、か」

思えば源蔵はただの法螺吹きではなく、大した精進を積んでいるではないか――。

剣客としての自分も見習わねばならないと、栄三郎は裏木戸から外へ出てみた。

裏手の小道は空《あ》き地《ち》に続いていて、その草むらの向こうにはこんもりとした木立があるのだが、確かに夜ともなると、その木立の存在さえもわからぬほどに辺り一帯、暗黒の闇に包まれている。

試しに栄三郎も空き地の方へと歩みを進めたが、その刹那《せつな》向こうの草むらに人の気配がして、栄三郎は剣客の心得として咄嗟《とっさ》に傍に立つ杉の大樹に身を寄せた。

草むらにいる者は源蔵に違いないはずだが、そこからは何ともいえぬ殺伐《さつばつ》とした気が漂《ただよ》ってきたからであった。

しかも黒い影は、草むらに倒れて蠢《うごめ》いているように思える。

栄三郎は気配を殺してその影へと近寄って、夜目を利かした。

――やはり親分だ。

黒い影ははたして源蔵であったが、激しく咳《せ》き込み、何やら苦しみもがいているように見える。

栄三郎は慌てて駆け寄り、

「親分、どうしたんだい」

と、手を差し伸べた。

「先生……、栄三先生ですかい……」

源蔵は荒い息をつくと、

「大事ございやせん……」

と、その手を嫌うように立ち上がって息を整えた。

「親分、お前さん、胸の病が随分とひどくなっているんじゃあねえのかい」

日頃は胸の病など、もうどこかへいっちまいましたと平気な顔をしている源蔵であった。福太郎やお恵が医者に診《み》てもらえと何度言っても、薬だけもらってけばいいと言い張って診療を嫌い、薬を飲んでは、

「こいつはよく効《き》く薬だ。これさえありゃあ大丈夫だ」

と、至って元気な風を見せていたが、それは方便で、栄三郎に探索の同行を許さぬのも、ただ勝手が悪いというだけではなく、時折体を襲う発作に気づかれたくなかったのではないか。また、夜目を鍛えると言って外へ出るのも、人知れず咳き込むことが目的ではなかったのか――栄三郎はそう思ったのだ。

「とんでもねえ……」

源蔵はこれを一笑に付した。

「いや、お恥ずかしい話なんですがね、ちょいと夜目の鍛錬に出かけた帰りになんだか腹が減っちまって、懐《ふところ》にあった〝おこし〟を口に入れたのはいいが、入れる所を間違えたかして、咽《む》せていたんでございますよ。ヘッ、ヘッ、まったく面目ねえ、喉《のど》に餅《もち》を詰めて死んじまう年寄りのことが、この歳になってわかるようになりましたよ……。ああ、ごほごほが止まらず、死ぬかと思いました……」

源蔵が強がっているのは明らかなことであったが、医者に診てもらえと言ったとて素直に聞くとも思えない。

話す声にも精気が戻ってきたようだし、ひとまず栄三郎は、

「何だそうだったのかい。おこしを喉に詰めて死んだってえのものろまな話だ。気をつけねえとな……」

そう言って源蔵の肩をポンと叩《たた》くと、通りすがりに立ち寄ったのだと言いながら家の裏木戸へと誘った。

「へい、気をつけます……」

源蔵は何事もなかったかのように歩き出し、

「ですから先生……、泣いても笑っても今年いっぺえと決めたんだ。どうぞ好きにさせてやっておくんなせえ」

栄三郎の心の内を測《はか》りながら、子が親に懇願《こんがん》するかのように言った。

その空元気《から》と哀感が入り混じった物言いに、十中八九この世にはおらぬ男を捜し求める源蔵への不憫《ふびん》が重なって、

「わかっているよ。今宵《こよい》ここへ立ち寄ったのは、親分の身の気遣いをしに来たわけじゃねえやな。帰りにちょいとまた、親分の昔話などを聞きたくなったのさ」

と、栄三郎は源蔵の心を和《なご》ませるように笑顔を向けた。

「本当でございますかい……」

夜目に栄三郎の表情が見えたのであろうか、源蔵の体から発せられていた殺伐とした気はたちまち消えていった。

「あと少しの間、恩を受けた旦那へのご奉公をすれば親分も気が済むんだろ」

「へい……」

「そんなら、それまでは、おこしを食う時は気をつけておくれよ……」

栄三郎は源蔵の胸の病の悪化を疑いつつも、あくまでも源蔵の言い訳を信じる姿勢をとってやった。

「へい、もうおこしは食いません」

源蔵は我が身を気遣いつつ、好きにさせてやろうという栄三郎の情をしっかりと心に受け止めて、

「さて、そんなら今日はどの昔話を致しやしょうかねえ……」

裏木戸を開けると、栄三郎を居間へと請《しょう》じ入れた。

庭から縁に上がり、部屋へと入る栄三郎の背後で、カチッカチッとかすかに鉄《かね》と鉄《かね》が触れ合うような音がした。

振り向くと、慌《あわただ》しく火打ち石をこすらせて行灯に向かう源蔵の顔が、やがてぼうっと浮かび上がった。

これから法螺話をするという時の源蔵の顔は、どんな時でも生き生きとして見える。

連れ合いを亡くし、頼るべき人を亡くし、生き甲斐を失《な》くし、子供は立派に独り立ちをした。

そんな自分に残された日々は、やがて迫りくる死を黙って迎えるだけなのか――源蔵は男としてそれに抗《あらが》う、あの日の輝いていた自分を思い出して。それゆえに、思い出の中で躍《おど》るあの日の自分が誇張されるのは仕方あるまい。

源蔵の境地を理解するには甚《はなは》だ若い栄三郎であったが、朧《おぼろ》げながら老親分の法螺の意味がわかるような気がしてきた――。

法螺話・その三　〝壺《つぼ》振《ふ》りの一六《いちろく》〟

もう今じゃあ、あっしもすっかりと博奕《ばくち》はやらなくなりやしたが……。ヘッ、ヘッ、当たり前でございますよね。これでも火付盗賊改に差口奉公《さしぐちぼうこう》をしていた身でございますから、そんなことはできねえ。

でもねえ、若え頃《わけ》はどっぷりと賭場《どば》に浸《つ》かっておりやして、壺振《つぼふ》りなんかも務めたことがございました。そんなわけで破落戸《ならずもの》同士の大喧嘩《おおげんか》に巻き込まれて江戸を離れたあっしは、大坂へ行っても賭場へ出入りを続けていたのですが、ある日正兵衛の親方に、

「源《げん》さん、人っちゅうのはな、生きてることがもうすでに博奕や。たまたま渡った橋が崩れ落ちて死ぬ者もいてるし、渡り終えて助かった者もいてる。商売が当たる者もいれば、いつまで経っても貧乏でひいひい言うてる奴もおる。そやろ、これはもう博奕を打ちながら生きているとしか言えん。そやよってに、賭場で運

を使《つこ》てしもたらあかんで。運は生きてることに使わんと、な」

と言われたんでございます。いかにも正兵衛さんらしい物の考え方でございますが、あっしはなるほどその通りだ、おれは賭場で運を使い果たしたから、こんな憂《う》き目を見ることになったんだ……。

つくづくとそう思いまして、それからはもう、すっかりと博奕から足を洗おうと誓ったのでございます。

だが、あっしの壺振りの腕の方は体に染《し》みついておりやしてね。江戸へ戻った後も悪い仲間が付きまとったのは、あっしのこの腕が欲しかったからなのでございます。

その腕というのが、自慢じゃねえが……、壺の中でサイをくるくると回し続けましてね、丁半《ちょうはん》出揃《でそろ》いましたところでこの動きを止めて、好きな目を出すってものでございます。

どうやって〝勝負〟の声と共に壺の中で思う目にするんだって？

そいつは壺を開く時のさじ加減なのでございます。手に力を込めて、ここだと思うサイの目に合わせてそっと壺を開くと、サイもおとなしくなる……、まあ、口では言えねえ勘というか、加減があるのでございますよ。

ここまでできる壺振りなどそうはいねえですから、重宝《ちょうほう》がられたのも無理はねえってわけで。

何たって、あっしが壺をそっと振りゃあ、丁半どちらか、必ず決めた方に目が出るのでございますから。

ですからあっしはこんな芸当ができるってことを隠していたんですが、ある時賭場で、この勝負に負けたら夜逃げをするか殺されるしかねえってほどに負けがこんでいる客人がおりやして、何やらかわいそうに思えて、うめえこと負けねえように味方をしてやったら、後でいかさまの疑いをかけられたのでございます。

勝った例《ためし》のねえ野郎がいきなりつき出したんですから無理もありやせん。床下に誰かが潜《もぐ》り込んで下から針で突《つつ》いてサイの目を変えちまう、〝穴熊《あなぐま》〟でもやっているんじゃねえかと思われたんでさあ。

だがもちろん、そんな仕掛けは一切《いっさい》ございません。みんな首を傾《かし》げているのがおかしくて、後で仲の好かった野郎に、おれはこんなことができるんだよ、とそっと見せてやったんですが、これがいけなかった。

人ってえものは誰にも言うな、誰にも言わねえなんて約束は、必ず破っちまうものなんですよねえ。

ともあれ、柊木の旦那《だんな》にお助け頂いて、あっしは壺を振ることなど二度とねえと思っていたのでございますが、旦那はというと、

「それだけの技を持っているなら大事にしろ、何かの折に役に立つこともあろう」

そう仰《おつしや》いました。

火付盗賊改の手先としちゃあ、そういう技をもって、悪人どもの鼻をあかすこともできるんじゃねえかってことで。

それでまあ、時折壺を振って腕が鈍《なま》らねえようにしていたのでございますが、世の中ってえのはおもしれえもので、あっしと同じ技を持っている野郎がおりゃして、思いもかけず勝負することになったのでございます。

それは、あっしが旦那の遣《つか》いで藤沢《ふじさわ》へ行った帰りでやした。

金沢《かなざわ》の浜で漁師たちが冴《さ》えねえ顔で、

「あの野郎を人知れず殺してやろうぜ……」

なんて物騒な話を口々にしているのを聞いちまいまして、

「おいおい何やら気が立っているようだが、何かあったのかい」

放っておけば好いのについ声をかけてしまいやした。

　すると、何て島だか忘れちめえやしたが、その浜の沖合いに小さな島があって、そこで賭場が開かれているそうで。

　それで、漁師たちはこっそりと船で遊びに行ったものの、皆すっからかんになって帰ってきたわけですが、あんまり巻きあげられるもんだから、こいつはきっといかさまを仕掛けられたのに違《ちげ》えねえと言い合っていたって話でございました。

　といっても、サイはいちいち改めさせるし、盆の下は岩場で人が入れる隙間《すきま》もねえ。いったいどうやっていかさまを仕掛けたんだと、皆首を傾げるばかりで。

「その壺振りは何て野郎だい」

　訊《たず》ねてみますと、一六《いちろく》って名が出てきやした。

　壺振りの一六――それで合点《がてん》がいきやした。

　この野郎は江戸でも名高《なだけ》え壺振りでございましたが、あんまり胴元を勝たせるものだから、負けた者から恨《うら》みを買って旅へ出たと聞いておりやした。

　一六の壺振りの技はあっしと同じで、壺の中でサイを踊らせ、自在に目を操《あやつ》ることができるってものでございました。

　あっしも馬鹿でございますねえ、よしゃあいいのに、一六と張り合う気持ちが頭をもたげてきやしてね。

「よし、そんならおれが取られた分を巻き上げてやるから、帰りは船で江戸まで送ってくんな」

なんてことを言って、島へ乗り込んだのでございます。

一六はあっしの顔を見るなり、

「お前は確か……」

と、唸りやした。

「そうだよ、源蔵だ。お前と同じ、壺振りをしていたこともあった者だ」

そう言ってやりますと、一六の奴は大きな息を吐いて、

「お前はいったい、何のつもりでここへ来やがったんだ」

と吐《ぬ》かします。そりゃあそうでしょう。

奴の壺振りの技をあっしは知っている。

野郎が壺を振るかぎり、十に一つも勝てねえことを知っているんだ。そのことをあっしが手前《てめえ》の壺振りの技を見せて教えれば、客は誰も賭場に来なくなる。

「まあ、そっくり返せとは言わねえが、巻きあげた金のせめて半分は返してやりな。素人《しろうと》相手にすっかり巻きあげるとは、お前《めえ》、やりすぎじゃあねえのかい」

そう言ってやりますと、

「お前は賭場を荒らしに来やがったのかい！」

と、周りにいた若い衆が勇み立ちます。

だがあっしも火付盗賊改の御用を承《うけたまわ》る身だ。こんな奴らの五人や六人、何も怖くはありやせんや。こいつらをじっと睨《にら》み返して、

「勝負をしに来たんだよ……」

と凄《すご》んで黙らせやした。

「勝負だと……」

一六の眉《まゆ》がぴくりと動きました。

「そうよ、勝負よ」

互いに壺を振り合って、相手の言った目を先に出した方が負けってえのはどうだと言ってやりました。

「受けて立とうじゃあねえか……」

一六も引き退《さ》がれねえと思ったのか、これを受けて立ちやした。

そこからがもう大変でございます。あっしが丁と言えば一六が半の目を出す。

一六が半と言えばあっしが丁の目を出す。

互《たげ》えに譲らねえまま二晩が過ぎやした。

壺振りってものは手許《てもと》が少しでも狂えば思う目が出せやせんから、そこからはもう眠けと気力との戦いでございましたが、三日目の朝が白々《しらじら》と明けてきた時、開け放った小窓からひゅっと勢いのある風が吹き抜けまして、そいつが一六の手の動きをわずかに狂わせたんでございます。

「半！」

とあっしが言いやしたら、とうとう壺の中のサイの目が〝一六《ろっぴん》〟の半だったたってわけで……。

「一六、好い勝負だったな。漁師たちから巻きあげた金は二十両だったな。十両もらっていくぜ」

あっしは小粒《こつぶ》をかき集めて十両の金を腹巻きに包んでこいつを体に括《くく》りつけて、悠々《ゆうゆう》と賭場を出たんでございます。

ところが若い連中が黙っちゃあいなかった。

あっしを島まで連れてきてくれた漁師を縛《しば》りあげ、船を奪いやがって、

「帰りたけりゃあ金を置いていきな」

と、きやがった。

だが、あっしはそんなことには怯《ひる》みませんや。

連中の隙《すき》をついて漁師を助け、海へと漕《こ》ぎ出しました。

ところが野郎どもめ、船底に穴を開けてやがって、船は沈んでいくじゃあござんせんか。おまけに連中は船に乗って追いかけてきます。

あっしは前に安房で泳げねえがために、木更津まで走るはめになっちまってから、佃島の漁師に弟子入りして泳ぎを習っておりやしたから、今度は船が沈んでも沖合いから浜へ泳ぎつくことくれえ何でもなかったのでございますが、腹巻きには金が入っていて重てえし、敵が船で追いかけてくるとなりゃあ大変でございました。

ところが、一緒に海へ投げ出された漁師ってえのが〝ひれの鮫太郎《さめたろう》〟っていう泳ぎの名人でやしてね。

「源蔵さん、おれの帯を摑《つか》みな」

と言うと、抜き手を切って泳ぎ始めたのでございます。いやあこれが見事な泳ぎで、あっしは鮫太郎の帯にやっと手を届かせると、足をばたばたさせながら浜へと向かいましたが、人の泳ぎったって高が知れておりやすから、敵の船がすぐに近づいて参りやした。

おまけに波の間から、大きな魚の背びれが見え隠れして近づいてくるじゃあありませんか。そうでございます。鮫でやす。

下らねえお節介を焼いちまったと悔やんでも後の祭りで……。これまでと思ったら、この鮫太郎って漁師が、

「心配しなさんな。野郎はあっしの友達でございますからねえ」

なんて言って、鮫を手招きするじゃありませんか。

「野郎《めろう》か女郎が知らねえが、相手は鮫だろう。こっちへ呼ぶんじゃねえよ……」

あっしも思わず泣き声になりやしたが、この鮫がぐんぐんこっちへ近づいてきたと思ったら、鮫太郎にぴたりと寄り添いやがった。

よく見りゃあこれは鮫じゃあなくて、海豚《いるか》とかいう鯨《くじら》の小せえ奴だったんでさあ。

すると、鮫太郎は海豚の背びれをぐっと摑んで、何やらおかしな声を発します。おそらくありゃあ海豚の言葉だったんでしょうねえ。

海豚はあっしら二人を引っ張って、見る間に浜へ連れていってくれやした。

するとそこへ若い奴らが十人ばかり船から降りて襲いかかってきやしたが、浜へ着きゃあこっちのもんだ。漁師たちが次々と集まってきて、野郎どもを一人二

人と叩き伏せてしめえやした。

「勘弁してやってくんな！」

ふと見ると、壺振りの一六が遅れて着いた小船から降りてきて、乾分《こぶん》どもの不始末を詫びて、もう十両の金を差し出したのでございます。

「源蔵の兄ィ、好い勝負をさせて頂きやした。あっしもこの上はもう壺振りからは足を洗うつもりでございますよ……」

一六はそう言ってあっしに深々と頭を下げ、一人去っていきやした。それから奴に会ったことはありませんが、今は根岸《ねぎし》の辺りで茶壺を商《あきな》って、ひっそりと暮らしていると聞いておりやす。壺からは離れられなかったんでしょうねえ……。

金沢の漁師たちも博奕に懲《こ》りて、それからは漁に精を出して、穏《おだ》やかに暮らしているそうで何よりでございます。

今でも壺を振れるかと訊かれることもございますが、もういけやせん。手と指が思うように動かねえではサイの目は操れません。

まあ、できねえで幸いでございますが……。

こいつは嘘《うそ》じゃねえんで、本当の話なんでさあ……。

○　○　○

源蔵は見事としか言いようのない舌の冴《さ》えで、またひとつ法螺話を語り終えた。こうなると、先ほどは源蔵の胸の病の進み具合が随分と気にかかったが、大して案ずることでもないように思えてきた。しかし、海豚まで登場させた話に、源蔵もさすがに恥ずかしくなったのか、

「先生、まだちょっとくれえ好いでしょう。熱いのを一本つけるように言って参りやすから、ちょいとお待ちを……」

と言い置いて、そそくさと部屋を出た。

「いいよ……。おれはすぐに帰るから、ゆっくり休んでくれよ……」

栄三郎はいつもの言葉を投げかけつつ、ふっと行灯《あんどん》の方へ歩み寄った。

先ほど部屋へ上がった時、背後で鉄と鉄とが触れ合うようなカチッカチッという音がしたのが気になっていたのだ。

それは源蔵が火打ち石で火をおこす音とは別のもので、草むらで倒れている源蔵に駆け寄った時も聞こえた。

暗闇の中でよくは見えなかったのだが、源蔵の懐《ふところ》の中に何かが入っていて、

源蔵は胸を押さえながら、それが音を立てぬように気遣っていたかのように栄三郎には思えたのである。

　部屋に上がってから源蔵が火打ち石をカチカチやったのも、この音をごまかすためではなかったのか——そんな気さえしてくる。

　行灯の傍には質素な置床《おきどこ》があって、今日は鉢植えの松が飾ってある。その置床には地袋戸棚《じぶくろとだな》がついていた。

　栄三郎はこれをそっと開けてみた。すると、革の袋が中に入っていて、触ると鉄と鉄が触れ合うカチャカチャという音がした。

　革の袋をそっと取り出し、中を覗《のぞ》いてみると——。

「何だ、こいつは……」

　鉄の正体は棒手裏剣であった。革袋には棒手裏剣が五本ばかり入っている。

　——親分が何でこんなものを。

「お恵、いいからおれが持っていくから、お前は福太郎の手伝いをしていればいいさ……」

　表から、源蔵がお恵から燗をつけたチロリを受け取っている声が聞こえてきた。

栄三郎は何やら見てはいけないものを見てしまったような気がして、慌ててこれを戸棚の中へと戻し、座り直した。

――どうしてこんな物を持って、天龍寺裏の木立の中に……。

源蔵はこれを栄三郎に気づかれたくなくて、暗い中、部屋の隅《すみ》の行灯に寄って、この棒手裏剣が入った革袋を戸棚にしまい、カチャカチャという音を火打ち石の音でごまかそうとしたのであろうか――。

棒手裏剣は黒塚の紋蔵一味が用いた凶器だという。そして、源蔵がいまだ慕《した》ってやまない政右衛門の首筋に突き立っていたという、忌《い》まわしき凶器でもある。

これを何ゆえ源蔵が五本も所持し、懐に入れて出歩くのだ――。

近づいてくる源蔵の鼻歌混じりの少し浮かれた声が、栄三郎にはどうも気に入らなかった。

第四章

一番手柄

一

「俄《にわか》にお呼び立て致しまして、真《まこと》に申し訳ござりませぬ……」

西崎右門が恭《うやうや》しく頭を下げた。

「なんの、どうせ暇《ひま》を持て余しておったところじゃ。そなたのような今が盛りの火付盗賊改《ひつけとうぞくあらため》与力にあれこれご教授賜《たまわ》りたいなどと言われては、駆けつけぬわけには参らぬ。はッ、はッ、と言うても、今では足も思うように動かぬ役立たずの身じゃ。隠居と呼んで気易《きやす》う話してくれればよいわ」

竹市亮蔵が上機嫌で応《こた》えた。

「ではご隠居、三年前の柊木政右衛門殿殺害の一件についてお訊《き》きしとうござりまする」

「なんと、政右衛門の一件とな……」

「はい……」

柊木政之介との邂逅《かいこう》によって昔馴染《なじ》みの西崎右門は、かねてから胸の奥底で疑問に思っていた政之介の父・政右衛門殺害の一件について、改めて解明に乗り出そうとした。

それにはまず、政右衛門のかつての盟友で、黒塚の紋蔵一味五人を斬り捨てる活躍を見せた竹市亮蔵に会うことが先決と思われた。

右門はそっと竹市の屋敷に遣《つか》いを差し向け、本日は非番ゆえ、あれこれご高説を拝聴したい、ついては正午に自分の組屋敷へお越し願えぬかと訊《たず》ねさせた。

亮蔵は件《くだん》のごとく上機嫌でやって来たのであるが、政右衛門の一件と聞いて、たちまち老顔に緊張を張《みなぎ》らせた。

「そなた、今でも政右衛門の一件について詮議《せんぎ》を続けてくれているのか」

「無論のことにございます」

亮蔵が加役を解かれてから、政右衛門とは関わりが深かった自分がこれに当たろうと意気込んだものの、なかなか役儀に馴《な》れぬまま徒《いたずら》に時が流れてしまったのだと右門は言った。

しかし、政右衛門の息・政之介が、俄に父の死の真相究明に意欲を見せ始めたことは口にしなかった。

言えば、当時詮議を担当した竹市亮蔵に腹の底では疑問を持っていると捉《とら》えられかねない。竹市亮蔵と柊木政之介の関係において、そのようなことがあってはならぬと気遣《きづか》ったのである。

「詮議半《なか》ばにして火付盗賊改の任から退かれたご隠居の無念を晴らさねばならぬと、予々《かねがね》思うておりましたゆえに」

本当のところは、西崎右門とて、いくら疑問を抱いていたとはいえ、自分が担当する以前の一件をあまり掘り返したくはない。

それが意外や、友達の政之介は棒手裏剣のことなどに深い洞察を持ち、決して父の死の真相に目をそむけているわけではなかったことを知り、自分がまず動いてやらねばならぬという義俠《ぎきょう》に駆られたのだ。

「つきましては、かつて火付盗賊改の名与力と謳《うた》われたご隠居に、あれこれお訊き致しとうなりまして」

右門はまず、先日政之介との間で話題に上った棒手裏剣についての考察を話した。

亮蔵はいちいち右門の話に相槌《あいづち》を打ち、

「なるほど、政右衛門は何者か知らねど油断をさせられて背中に一刀を受け、その後、黒塚の紋蔵一味が使っていた棒手裏剣を首に突き立てられたのではないか……、おぬしはそう見たのじゃな」

応えるその顔付きは、すっかりとかつての鬼与力のそれに戻っていた。

「恥ずかしながら……。某《それがし》の勝手な推測ゆえ、お気を悪くされたならば申し訳ございませぬ……」

右門も少し気圧《けお》され、遠慮がちに言ったが、

「恥じることも謝ることもない。さすがは西崎右門じゃ。好《よ》い所に目をつけたな」

亮蔵は言葉に力を込めて、感じ入るように右門を見た。

「では、ご隠居も件の疑いは当初よりお持ちになっていたと……」

亮蔵は大きく頷《うなず》いた。

「だがな、そのことを突き詰めて考えると、柊木政右衛門の微行《びこう》による見廻《みまわ》りが敵に読まれていたことになる。我らが見廻りは毎度のことながら、誰にも知られぬように細々《こまごま》としたところまで注意を払うゆえ、敵は身内にあったと考えねばなるまい」

「いかにも左様《さよう》で……」

右門は真っ直《す》ぐに亮蔵を見た。

「それは有りえぬ。考えとうもない」

亮蔵は少し声を荒らげ、下を向いた。自分に言い聞かせるような言葉であった。

「おれは柊木政右衛門と共に、火付け、盗人、やくざ者などの追捕《ついぶ》に励み、長く加役を務めて参った。同心などの中にはいささか乱暴に過ぎる者などもいたが、皆危ないお役を全《まっと》うしようと日々懸命に勤めていた。互いに庇《かば》い合い、助け合い、悪人どもと戦《たたこ》うてきた。その中の何者かが政右衛門を……。そんなことがあるはずはない……」

しばしその場を重苦しい沈黙が支配した。

二人がいる書院には酒肴《しゅこう》の仕度《したく》が調《ととの》えられていたが、いずれの膳もほとんど手つかずのままであった。

右門はじっとそれに堪《た》えていたが、

「しかし、あるはずのないことが起こる……。それが人の世だ……。そうではござりませぬか」

やがて静かに言った。

亮蔵は顔を上げて、じっと右門に向き直った。

「そうであったな……」

その言葉は、まだ火付盗賊改方のお役に就いたばかりの右門に、亮蔵自身が言ったことであったのだ。

「某も、仲間内の者が政之介の親父《おやじ》殿を殺害したなどと思いとうはございませぬし、三年前はご隠居と同じく、柊木殿を殺害したのは黒塚一味の仕業《しわざ》だと思うておりました。しかし、あれから黒塚の紋蔵の行方は杳《よう》として知れず、一味が立ち廻った形跡も見えず、盗人の間での噂《うわさ》話にもまったくのぼっておらぬとの密偵たちからの報《しら》せから考えるに、やはりあの時、斬り捨てた五人の賊の中に紋蔵は含まれていて、一味は滅び去ったと考え直すべきかと考えた次第にて」

亮蔵は力なく頷いた。

「確かに、このおれが今でも火付盗賊改にいたとすれば、そう考えていたかもしれぬ」

「そもそも、盗人の仲間内で黒塚の紋蔵の顔を見たという者はありませなんだが、一味は五、六人で、いずれも泰平の世となって生き甲斐《がい》を失い、世間から爪《つま》弾《はじ》きにされた忍び崩れであると言われております。斬り死にした五人の者の腕はなかなかのものであったとか……」

「いかにも……。今思い出しても恐ろしい。どうせ獄門台に首がのるならばと、生きるか死ぬかの斬り合いを挑んできた……」

　この時、竹市亮蔵は同心・増岡浩助《ますおかこうすけ》と連れ立って、浪人姿に身をやつし、上野《うえの》山下辺りを巡回していた。

　そこへ、同心・川瀬弥七郎《かわせやしちろう》の手先を務める才三《さいぞう》という男が駆けてきて、池之端の料理屋に黒塚の紋蔵一味らしき五人が商人姿に身をやつして潜伏していると言うのだ。

　才三はかつて盗品売買に手を染める香具師《やし》の一家の使い走りをしていたことがあり、盗人の動向に詳しいことを買われて川瀬同心の手先を務めるようになったのだが、先般川瀬が召し捕った盗人が、黒塚の紋蔵一味の中に、以前自分と盗みを働いたことのある百化《ひゃくば》けの猫三《ねこぞう》なる盗人がいると白状した。その猫三の顔を才三は見知っていて、今日、川瀬の見廻りの供をしていたところ、下谷広小路《ひろこうじ》でこ奴《やつ》の姿を見かけたのである。

　そっと探れば猫三の一行は五人――いずれも商人主従のごとく身をやつしているが、眼光鋭き怪しい者たちであった。

　早く駆けつけねば、五人はいつ料理屋を出るかわからぬ様子であるという。

　味方は増岡同心と才三に、料理屋を見張る川瀬の三人だけであったが、この機を逃すことはできない。亮蔵は突入を決心し、三人と共に料理屋へと踏み込んだ。

一刀流の遣い手である川瀬が、まず五人が潜《ひそ》む離れ座敷の表から部屋を間違えた客を装って障子戸《しょうじど》を開けるや、有無《うむ》を言わさず一人を斬った。それを合図に庭から亮蔵と増岡が切り込み、乱戦となった。気丈《きじょう》に隠し持った十手《じって》を手に亮蔵たちにつき従った才三は、哀れにもこの捕物の中で命を落とした。

これに逆上した亮蔵は、捕らえようとしたものの激しく抵抗する一味をついに斬り殺した。

しかし、五人の腕がいずれもなかなかのものであったのは確かで、この五人の他に仲間がさらにいるとは考えにくい。

「今となっては右門殿の見方が正しいような気がする……」

一旦は柊木政右衛門の死を黒塚の紋蔵一味の残党の仕業だと断じた亮蔵であったが、その後すぐに、もしやこれは仲間内の犯行で、黒塚の紋蔵一味の仕返しに見せかけるために棒手裏剣を殺害後に刺したのではなかったのか——そう思い始めた。だがその直後、患《わずら》い出した脚気《かっけ》に悩まされ、隠居せざるを得なくなったのだと述懐した。

「本来ならば倅《せがれ》の亮左衛門に何としてでも我が役儀の跡を継がせられるよう尽力し、政右衛門の無念を晴らさねばと思った……。だが、浅ましい話だが、倅は学問に秀《ひい》でていて、新たなお役へと栄進できるやもしれぬ。そう考えると、おれは何も言えなくなり、ただ黙って引き退《さ》がるしかなかったのだ……」

亮蔵は大きな溜息《ためいき》をついて恥じ入った。

「いや、亮左衛門殿は英邁《えいまい》なお方でござる。御先手組に止《とど》まらず、お上のお役に立つよう栄進して頂きとうござりまするゆえ、その想いは某に受け継がせてくださりませぬか」

右門は、子への情と亡き友への情とが交錯《こうさく》し、それをどうにもできぬ隠居の身の不甲斐《ふがい》なさに煩悶《はんもん》する竹市亮蔵の姿を目《ま》の当たりにして何ともやり切れず、あがめるようにして頭を下げた。

竹市亮蔵は右門の誠意を受け止めたか、老人の気弱な様子から再び以前の鬼与力の表情へと戻り、

「おぬしがこの竹市亮蔵の意を受け継いでくれると申すか」

と、しっかりとした声で問い返した。

「必ずやそのように……」

「役人はおかしなところで繫《つな》がっていて庇い合う。一筋縄《ひとすじなわ》ではいかぬぞ」

「承知の上でござりまする」

「おぬしの正義を喜ぶ者はまずいまい。それでも真相を調べると申すか」

「はい……。某は今のお役に誇りを持っておりまする。これを汚《けが》す者は身内であれども許しませぬ」

「わかった……。おれはおぬしをいささか見くびっていたようだ」

　亮蔵はついに大きく頷いた。

「それほどまでに申すなら、おぬしはもう誰か目星をつけているのであろうな」

「朧《おぼろ》げながら……。ご隠居も、何か心に引っ掛かりがあるまま役儀を退がられてこの方、お過ごしになっているのではござりませぬか」

「引っ掛かりは、ある……。頭の中をまとめるのに少し時をくれぬか」

「急《せ》いては事を仕損じまする。どうぞゆるりとお考えくださりませ」

「うむ。ならば三日の後、二人だけで心当たりをすり合わせてみようではないか。だが、この事はくれぐれも他人には口外無用に、な」

「わかっておりまする。政之介にも報せぬつもりにて……」

「それでよろしい。どのような邪魔が入るやもしれぬ。この先は屋敷の行き来もしてはならぬぞ。繋ぎの取り方を工夫致さねばな」

「委細承知仕《つかまつ》りました……」

語るうちに竹市亮蔵の話す言葉に凄《すご》みが増してきた。

互いの意図が知れれば話は早い。二人は三日後の段取りを決めると、再びかつての敏腕与力が現役の火付盗賊改方与力に昔話を聞かせて隠居となった今の無《ぶ》聊《りよう》を慰《なぐさ》める——そんな頬笑《ほほえ》ましい姿に戻ってさっさと別れた。

そろそろ聞こえくるようになった煤竹《すすだけ》売りの声が、師走の慌《あわただ》しさを煽《あお》るようにして老いた亮蔵を急き立てた——。

二

「わからぬ……。どうもわからぬ……」

栄三郎は先ほどからこう呟いてばかりいる。

今日は一日鉄砲洲の仮住まいであれこれ物思いにふけった後、夕刻になって飯を食いに出たのだが、居酒屋の小上がりで湯豆腐《ゆどうふ》をつつき、熱いのを一杯胃の腑《ふ》に流し込んでも何やら気が躍《おど》らない。

昨日はあれこれとあり過ぎた。

四谷仲殿町の畑中道場で柊木政之介と共に剣術稽古に励み、その後政之介と近くの料理屋で酒を酌《く》み交わし、しみじみと語り合った。

そしてここで、洞穴の源蔵がこの三年の間追い求めてきた黒塚の紋蔵は十中八九この世にいまいと告げられて、源蔵にはそのことを報せずにあと少しの間、日課の探索を見守ってやろうと心に決め、天龍寺門前のふく屋へと立ち寄ったのであったが――。

「あの親爺《おやじ》、どうもわからぬ……」

女房と差口奉公を失い、生き甲斐のない日々の暮らしを法螺《ほら》話に紛《まぎ》らし、漠然《ばくぜん》たる探索に日々暇を潰《つぶ》しているめでたい親爺だと思ったからこそせめて一月《ひとつき》ばかり世話を焼いてやろうと思ったが、傍《そば》にいるとただのいかれた隠居でないような――そんな気にさせられる瞬間がある。

しかしまた、すぐに源蔵が根拠のない黒塚一味についての推理や法螺話を語るものだから、本当は何を考えているのか、どういう男なのか、とにかくわからなくなるのだ。

「だが、あの親爺め、ただ呆《ぼ》けているのではない……」

秋月栄三郎は十五の時から気楽流の達人・岸裏伝兵衛の許《もと》でみっちりと武芸を仕込まれた。遊び好きで稽古を怠《おこた》ることもあったが、内弟子として十五年にわたって過ごした日々は、栄三郎の五感を常人には理解できぬほどに鍛《きた》えてくれた。

そのような栄三郎であるからこそ、昨夜の一件が気になるのである。

ひとつは、源蔵が夜目を鍛えるために夜毎《よごと》天龍寺裏手の木立の中をうろついているという事実。

もうひとつは、近頃すっかり医者の薬が効いてきたと、己《おの》が体がさも元気であると見せつけながら、その実病は確実に源蔵の体を蝕《むしば》んでいること。

おこしを喉に詰まらせたなどという方便は、その場は笑って済ませたものの到底信じがたいし、帰りに源蔵がもがいていた草むらへ立ち寄りそっと提灯《ちょうちん》の灯をかざしてみると、源蔵が吐いたと思われる血の跡があった。

己が体の変調に気づき、探索も今年いっぱいだと決心したと思えば源蔵の行動の辻褄《つじつま》が合うが、さらに気になったのは棒手裏剣の存在であった。

何ゆえにあのような物を持って外出をしたのか。護身用に棒手裏剣を持つ者などまずいまい。仮に護身用とすれば、源蔵には棒手裏剣を使いこなす腕があることになる。

それならば、これまでに何かひとつくらい棒手裏剣にまつわる法螺話を聞かされそうなものだが、むしろ源蔵は棒手裏剣を所持していることを栄三郎には見られまいとした節《ふし》がある。

しかも棒手裏剣は黒塚の紋蔵一味が使うことで知られているという。政右衛門の無念を忘れぬために持っているとしても、五本は多過ぎる。ましてや木立の中で拾ったとは考えられない。

思えば柊木政右衛門は中西派一刀流の遣い手であった。老いたりとはいえ殺害された折は齢《よわい》五十五。盗人に後《おく》れをとることもなく、浪人姿で自ら巡回をしていたほどの男である。それが棒手裏剣を首筋に受け、背中から一刺しに殺されたとは完敗が過ぎる。

よほど油断をしていたことになる。

となると、油断しても仕方がない相手に襲われた――。

「まさか、そんなことはあるまい。そんなはずがない……」

一瞬、脳裏《のうり》に政右衛門に棒手裏剣を投げつける源蔵の姿が浮かんだが、栄三郎はすぐにそれを打ち消した。

よくわからぬ男ではあるが、源蔵にそのような陰惨な匂《にお》いは漂《ただよ》っていないと、この何日もの間触れ合った老友のことを想いやった。

「どうしたんです？　今日はやけにふさぎ込んでおいでだねえ……」

そんな栄三郎に、ちょっと勝ち気な店の女将《おかみ》がからかうように声をかけた。

我に返って顔を上げると、利巧そうなはっきりとした眼鼻だちの女の顔が頬笑《ほほえ》んでいる。

歳《とし》は栄三郎より十ほども下であろうか、この居酒屋〝そめじ〟の女将はお染《そめ》という。

元は深川辰巳《ふかがわたつみ》で相当売れた〝染次《そめじ》〟という芸者であったのが、つい先頃から京橋を北へ渡った東の詰《つめ》に、この小体《こてい》な居酒屋を出して一人で切り盛りしているのだ。

男勝《まさ》りで口は悪いが、その分女の嫌なべたつき、、、がなくて心地よい。何でもふわりと応じてくれる秋月栄三郎という客を気に入ったようで、何かというと遠慮のない声をかけてくる。

「おれだってあれこれと物思いにふけることがあるのさ」

栄三郎が小さく笑って応えると、

「物思いねえ……。日々の暮らしに疲れてしまった……とか」

「うむ、それもある」

「仲の好い友達の身を案じている……とか」

「おお、それもあるな」

「ふふふ、男が物思いにふけるなんて、大方そんなもんさ」

女子供のことは後回しにして薄情なもんだと、お染は笑ってみせた。

「さすがは染次姐《ねえ》さんだ。男の気持ちなんて手に取るようにわかるってもんだな」

「それほどのもんでもないさ……」

栄三郎におだてられて、お染は少しはにかんだ。男勝りが売りでも、時折見せる少女のように無垢《むく》な表情が健康的な色香を醸《かも》す。

それがお染の魅力なのだ。

今は客も少なかった。

「まあ、物思いも好いけど、一杯おやりな……」

お染が栄三郎にチロリの酒を注《つ》いで、また何か軽口を叩《たた》こうとした時であった。

「旦那！　こんな所にいなすったかい。随分と捜《さが》したんでございますよ……」

にわかに一人の若い町の男が店に入ってきて、ずかずかと栄三郎の傍へ歩み寄った。

「おお、お前は確か……」

「又平《またへい》でございますよ。あん時はありがとうございました。姐さん、おれにも酒だ」

又平という男は栄三郎に愛敬《あいきよう》を振りまき、お染には目もくれずに酒を注文した。

お染は話の腰を折られ、このいきなり現れた調子の好い客にむっとした。〝こんな所にいなすったかい〟という言葉も気に入らない。ジロリと又平を見て、栄三郎に、

「知り合いかい？」

「ああ、この前一度、会ったことがあるんだ」

「ふうん、それだけのことかい……」

お染は吐き捨てるように言って、板場へと入った。

「何でえ、色気のねえ女だな……」

又平はしかめっ面《つら》を浮かべたが、すぐに少し尻下がりの目を糸のようにして、

「いや、お会いしとうございましたよ……」

とばかりに小上がりに上がり込んで、栄三郎の前に端座した。

一見、どこかの遊び人風のこの男は渡り中間《ちゅうげん》をしている。
四、五日ほど前のことであろうか、このところ四谷通いの続く栄三郎がふく屋に源蔵を訪ねた帰り、大木戸の脇で揉《も》めている折助《おりすけ》たちの姿が目に入った。
聞くとはなしに聞こえてきたところによると、三人が一人を賭博《とばく》に誘っているのだが、その一人の方はまるで取り合わず、

「行かねえったら行かねえんだよ！」

ついにはしつこい奴らめと怒り出した。

「だいたいあの賭場《どば》はいかさまが過ぎるぜ。行ったところで気分が悪くなるだけだ」

これに三人の方も気色《けしき》ばんで、

「何だと、人聞きの悪いことを言うんじゃねえや。あの賭場でいついかさまがあった！」

「いつだと……？　毎度のことじゃねえか馬鹿野郎。この前誘った奴もそう言って怒っちまって、おれの面目《めんぼく》は丸潰れだ」

「おきやがれ！　お前にどれほどの面目があるってんだよ。言いがかりを吐《ぬ》かしやがったら、ただじゃおかねえぞ」

とうとう喧嘩《けんか》になったので、

「おいおい喧嘩は止《よ》せ。行かねえってものを無理に誘わなくったって好いじゃねえか……」

と、栄三郎は一対三の喧嘩に割って入り、仲裁してやった。

その一人の方の折助が又平であったのだ。

又平は、まるでぶったところのない秋月栄三郎という剣客風を一目で気に入って、

「お願《ねげ》えでございます。一杯だけ付き合ってやっておくんなせえ」

と、近くの居酒屋に誘い、仲裁の礼に酒を振る舞った。そうして話すうちに栄三郎の馬鹿話に大いに笑い、

「いいねえ、旦那はおもしれえお人だねえ……」

とますます懐いてきて、栄三郎が今は仮住まいゆえ処《ところ》は教えられぬが、夜は鉄砲洲から京橋辺りで一杯やって飯を食っていると話したところ、

「そんなら、これからあっしは旦那のお姿を捜して、その界隈《かいわい》の店を覗《のぞ》いて回り

ますよ」

などと言っていたのだが、まさか本当に捜し回っていたとは思わなかった。

「お前も物好きな男だなあ。まあ一杯やんな」

このように慕われると悪い気はしない。栄三郎は酒を勧めてやった。

「こいつはありがてえ」

又平は盃《さかずき》を押し頂いてから飲み干すと、

「ところで旦那、外から覗いておりやすと、何やら難しいお顔をなすっていやしたが、何かありやしたか。あっしは何だってお手伝いさせて頂きやすよ」

意気込んで栄三郎を見た。

「お前に手伝ってもらうほどのことじゃねえんだよ……。いや……」

栄三郎は小さく笑って頭《かぶり》を振ったが、あることに思い当たって又平の顔をじっと見返した。

「どうかしましたかい……」

「お前、先だって話した時に、渡り中間をする前は軽業《かるわざ》を見せていたと言ったな」

「へい。物心がついた時にはもう見世物小屋に出ておりやした。身の軽さにかけちゃあ、どんな忍びや大泥棒にだってひけはとりませんよ」

又平は自慢げに答えた。

「法螺じゃあねえだろうな」

「嘘《うそ》だと思うなら、今ここでこの店の屋根の上に飛び乗ってみせやしょうか」

「わかった。このところ法螺話ばかりに付き合わされているんでな。疑ってすまなかった」

「何ですかい、そりゃあ……」

「とにかく、お前を男と見込んで頼みてえことがあるんだ」

「へい、何なりとお申し付けくださいやし」

又平は身を乗り出した。

「どうやら込み入った話のようでやすね。こんな店じゃあなんだ。河岸《かし》を変えますかい」

「こんな店で悪かったね……!」

勇み立つ又平の目の前に、お染がチロリと盃をどんと置いて腕組みをした。

三

「ああ……、威勢よく啖呵《たんか》なんぞ切るんじゃなかったぜ……」

又平は今、杉の大樹の高みに登ってじっと寒さに堪えている。

辺りは漆黒《しっこく》の闇である。

ここ、天龍寺裏手の木立の中には人っ子一人いない。

昨夜、もう一度会いたいと思っていた秋月栄三郎という剣客と、願い通り一杯やることができた。

天涯孤独――捨て子であったのを拾われて、軽業芸人の一座で大きくなった又平は肉親の情を知らぬ。それだけに、自分に好意を抱いてくれる者、守ってくれようとする者には、全身全霊をもって応えようとする癖がついているのだが、あの秋月栄三郎という旦那ほど心惹《ひ》かれる男はこれまでいなかった。

強さを照れでごまかして、人にも物にも優しい目を向ける――その優しさに、ほどよいおかしみが込められているのが何とも楽しい。

「剣術指南なんぞをしながら暮らしてらっしゃるんでしょうねえ……」

などと問えば、

「いや、人の世話を焼きながら暮らしている」

と事もなげに答える。

自分も渡り中間をして色んな主《あるじ》に仕《つか》えてきたが、こんな旦那にこそお仕えしたいものだと、二度飲んだだけなのにつくづくとそう思えてくる。

――この旦那との出会いは粗末にはしねえ。

改めてそう心に誓った時、秋月栄三郎からこの役目を任された。

毎夜、五ツ半刻頃になると、この木立の中に親爺が夜目を鍛えにやって来るのだが、いったい何をしているのか木の上からそっと窺《うかが》ってはくれないかと言うのだ。

「木立の中で夜目を鍛える……？」

何だかよくわからぬ話であるが、男と見込まれたからには是非もなかった。

一番背が高く枝ぶりのいい杉の木の上に登り、その親爺が来るのを待った。

「秋月の旦那も妙なことを頼んだものだ」

自分が木の陰に隠れてそっと窺えば好いのだが、暗闇の中のことである。自分が潜んでいる傍を気づかぬままに親爺が通ることもある。ここは木の上から見守るに限るから頼まれてくれと言われたが、暗闇の中のことだ、木の上から眺めても動きまでわかるかどうか――。

しかし、そう思ううちに、又平の目も闇に慣れてきた。その上に今宵は月が出ていた。おそらくこの月を見越した上での頼みだったのであろうが、秋月栄三郎がそっと窺ってくれというのだ。ここで何かが起こるはずだ。その何かをこの目で見るのも楽しみではないかと思い直し、月が高くなるほどに又平のぼやく声も少なくなっていた。

あらかじめ秋月栄三郎はふく屋を訪ね、今日も定刻通りにこの親爺・源蔵が木立を訪れるであろうことを確かめていた。

この辺りの理由や事情は又平にはまったくもってよくわかっていないのであるが、何やら自分が密偵になった心地がして、親爺が来るであろう時分が近づくにつれて又平の胸の内は興奮に高鳴った。

冷たい風が木々を揺らした。

その時、又平の耳に、何者かが落ち葉を踏みしめて木立の中にやって来る音が聞こえてきた。

――来やがった。

又平は息を殺して眼下に目を凝《こ》らした。

すると、老年にさしかかった男が一人やって来て、木立の真ん中で立ち止まると、じっと辺りの様子を窺うかのように耳を澄まし、目を凝らした。

それからおもむろに右手を懐の内に入れると、中から取り出した何かを正面に立っている木に投げつけた。

〝コンッ〟という、木に釘《くぎ》が刺さったかのような音が木立の中にかすかに響いた。

――何を投げているんだ。

又平が潜む木の上からではさすがによく見えない。

しかし、男は次々と懐の中から何かを取り出して方々の木に投げつけ、五つを投げ終えると、注意深く真っ暗な木立の中を動き回り、木々に突き立った何かを引き抜いてはまた投げるのである。

月明かりに、眼下の男がかざした何かがぴかりと光った。又平には、それが太い釘のように見えた。

これが棒手裏剣であることは言うまでもない。

――なるほど、手裏剣てやつか。

武家奉公をしていた又平は、棒手裏剣がいかなる物であるかくらいは知っていた。

――なかなか大したもんじゃねえか。

投げては抜き取る様子を見ていると、ほとんどの棒手裏剣が木に突き立っている。

――こいつはおもしれえ。

夜に人知れずこんな寂しい木立の中へ一人来て、暗闇の中で棒手裏剣の稽古をするなどまったくおめでたいと内心呆れる想いの又平であったが、秋月栄三郎は何ゆえにこの親爺が何をしているのか知りたくなったのか――どうにも不思議な想いで、大樹の上から眼下で繰《く》り広げられる源蔵の闇稽古をじっと眺めていた。

四

「ほう、斯様《かよう》な処に廃寺があったとは気づかなんだ」

「ほどのう取り壊されるとか……」

「なるほど、密《ひそ》かに顔を合わせるにはちょうどよい。が、物乞《ご》いなどがどこかに潜んでいることはあるまいな」

「ご安心くださりませ、某が隅々まで確かめておりまする」

「それは重畳《ちょうじょう》。西崎右門殿も立派になられたものじゃ……」

青山《あおやま》に流れる渋谷《しぶや》川沿いに、徳川家康の側室・お万《まん》の方縁《かたゆかり》の仙寿院《せんじゅいん》がある。周りを百姓地に囲まれている閑静な地で、これをさらに南へと行くと畑の中に埋れるようにして廃寺の御堂《みどう》一棟が建っている。

周囲を木々に囲まれていて、一見しただけではそこに建物があることさえもわからない。

火付盗賊改方与力・西崎右門と、今は同役を退いて隠居をしている竹市亮蔵は、密かに繋ぎを取り、ここで落ち合っていた。

右門が亮蔵に知恵を求めたあの日の約束通り、あれから三日後の夕べのことであった。

火付盗賊改方の内に柊木政右衛門を殺害した者がいるのではないかという右門の疑惑。そのことについて竹市亮蔵もまた、

「有り得ることだ」

と、心の隅で思い続けていたことを右門に打ち明けた。

いや、この二人の他にもそのことを頭に思い浮かべた者がいたやもしれぬ。だが、それを暴いたとて柊木政右衛門が生き返るわけではないし、黒塚の紋蔵一味の跳梁《ちょうりょう》もまったくなくなった今、誰の得になる話でもなかった。

わざわざ身内の不祥事を掘り返すことは宮仕えの身として最も下らぬ所業で、下手をすれば自分に災いが降りかかってくるかもしれない。

それゆえに二人は、ひたすらにその接触を秘密裏に進めようと細心の注意を払ったのである。

右門は単身浪人者の姿に身をやつし、いつもの見廻りとして巡回する流れの中この廃寺へ入り、亮蔵は隠居の身の気楽さで、昔剣術道場で同門であった友人が病に臥《ふ》せっているというのでその見舞いに出ると言って小者《こもの》も連れずにふらりと出てきた。

二人は所々朽《く》ち果て、見上げると暮れゆく空が天井から覗く御堂の中へと入り、亮蔵は右門が勧めてくれた木箱に腰を掛け、右門は傍に立ったままで、声を潜めて語り出した。

「前置きなしに申そう」

まず亮蔵が、この三日の間にあれこれ思い出を整理し、思い至った事柄を右門にぶつけた。

「おぬしが疑《うたご》うているのは、川瀬弥七郎のことではないか」

右門はその言葉に神妙に頷いた。

「やはりな……」

亮蔵は溜息をついた。

川瀬弥七郎は齢四十。一刀流の遣い手にして、彼もまた柊木政右衛門や竹市亮蔵らと同じく賊徒追補に抜群の腕前を見せ、長く火付盗賊改方に留め置かれている同心の一人である。

しかし、川瀬の評判はかねてから芳《かんば》しくなかった。

捜査の方法が荒っぽく、追捕したものの殺してしまうことも多く、一方では水茶屋から落籍《ひか》せた女に町場で出合茶屋をやらせていると実《まこと》しやかに囁《ささや》かれていた。

しかし、火付盗賊改方は凶悪な賊を相手にする武官である。噂がどうであろうと、悪をもって悪を制する局面も必要である。

川瀬はいつも先頭を切って盗賊たちの追捕に当たってくれる男である。陽気で人懐こい気性《きしょう》も長官、与力衆に評判がよく、少々のことを見逃してやっても余りあると、不問に付されてきたきらいがあった。

臨時に加役として火付盗賊改方を拝命する組頭《くみがしら》にとっては、川瀬のような手《て》練《だ》れの同心の存在は何よりもありがたいのだ。

竹市亮蔵も噂はあれこれ耳にすることもあったが、勤めには忠実でよく働いてくれる川瀬は賊徒追捕には必要であると、彼もまた大目に見ていた。

不浄の役を務めるのである。同心などは危険を顧《かえり》みずいくら功をあげたとて上役に手柄を吸い取られ、その地位から栄進することも有り得ないのだ。少々の余禄がなければやってはおられまい。

大目に見てやることで川瀬がそれを恩義に想い、また勤めに励んでくれたならば好いし、まさかに凶悪なこともすまい。

「あ奴のことはそのように思うてきた。だが、柊木政右衛門は違《ちご》うていた。政右衛門は川瀬を嫌っていたのだ」

「そのようで……」

右門が続けた。

「某もご隠居の仰せのごとく、川瀬弥七郎は大目に見て余りある男だと思うて参りましたが、柊木政右衛門殿のことについて密かに調べるうちに、柊木殿が川瀬を忌《い》み嫌っていたことにも頷けるようになり申した」

政右衛門は融通《ゆうずう》の利かぬ男ではなかったが、配下の者たちの分《ぶん》に過ぎた不正による蓄財を嫌った。

役目がら付け届けが横行するのは仕方のないことかもしれなかったが、余禄の味を覚えると、人間というものはそれを受け取るのが当たり前のような錯覚に陥《おちい》り、余禄なしには暮らしていけぬようになる。

ましてや町方与力や同心と違って火付盗賊改方は加役であり、いつまた元の御先手組の勤めに戻るかもしれない。役儀に就いている間に少しでも稼いでおこうという気持ちにならぬとも限らない。

そして不正を働く者は己が後ろめたさを糊塗《こと》するために、誰かを仲間に引き入れようとするものだ。

川瀬弥七郎は一見おもしろ味のある男に思えるが、その悪評には頷けるものがあると政右衛門は言うのだ。

政右衛門の想いは川瀬にも伝わっていた。

火付盗賊改方にあって、最も信頼と尊敬を受けている柊木政右衛門に疎《うと》まれることは、川瀬にとっては真に辛《つら》い――。

その想いがあるからか、川瀬はよく働いた。

「あの男も腕は好いのだが……」

政右衛門に苦笑いをさせるだけの功をあげたものだ。

黒塚一味が池之端の料理屋に潜んでいることも川瀬の働きなしには摑《つか》めなかったであろうし、この時の捕物でも川瀬は劣勢を挽回《ばんかい》するべく奮戦した。

「ところが、柊木殿は駿府へ用を足しに参られる直前、川瀬を長官《おかしら》のお役宅で見かけ、物陰に呼び出し、強く叱《しか》りつけられたそうにござります」

「政右衛門が、川瀬を……」

それは長屋門脇の一隅《いちぐう》でのことであった。

他の者は役目上のことを指図しているように思って気にも留めなかったが、門番の一人がただならぬ政右衛門の様子を見ていた。

話の内容はよくわからなかったが、

「増田屋《ますだや》の一件について、何か申し開きがあるなら申してみよ……」

という言葉と、

「首を洗って待っていろ！」

という言葉ははっきりと聞こえたという。

「増田屋の一件……。あれは確か、柳橋の質屋に賊が入った一件であったな」

「はい。独《ひと》り遣《づか》いの仙兵衛《せんべえ》という盗人の仕業《しわざ》で、川瀬は手先を上手く使って盗みのあった二月《ふたつき》の後に、山谷《さんや》の旅籠《はたご》にいるのを見つけたのでございます」

この時仙兵衛は激しく抵抗し、川瀬は止《や》むなく十手でこれを叩き伏せて捕らえたが、仙兵衛は打ち所が悪く連行中に命を落とした。

この時、盗まれた二百五十両の内、百七十五両の金が取り返されたのだが、その後の調べで、仙兵衛は増田屋へ押し入った後すぐに旅籠に投宿していた模様で、七十五両もの金を仙兵衛がこの間にどこかへ隠したり、仲間に渡したりしたとは考えにくい。

いずれにせよ、仙兵衛が死んだ今となってはわからぬ謎となったが、後に旅籠に泊まり合わせていた客が、にわかに始まった捕物で仙兵衛が盗人と知り、そっと部屋の中に見えていた振分け荷物を覗いたところ、封印された切餅《きりもち》が確かに十個入っているのを見たという。

「つまり川瀬は、盗人が死んだを好いことに七十五両を横領したのではないかと、政右衛門に疑いをかけられたのだな」

「そのようにございます」

「首を洗って待っていろ、か」

駿府行きの前であったし、さすがに政右衛門もこれをすぐに表沙汰《おもてざた》にせず、慎重に取り調べようとしたのであろうが、川瀬の姿を見て思わず声を荒らげて詰問《きつもん》してしまったのであろう。

「なるほど、そういうことがあったのか……」

亮蔵は何度も頷いて、

「政右衛門が駿府へ旅立ち、ほどのう黒塚一味の押し込みがあったゆえ、政右衛門は帰るや否《いな》や残党の探索に出た。その時あ奴は、今は川瀬の腕が要《い》るゆえ後に回すが、川瀬のことでおぬしに話しておきたいことがある……。おれにそれだけを言い残した……」

「左様でございましたか……」

右門の顔には興奮の色がはっきりと浮かんでいる。

「柊木殿が殺害された夜、川瀬弥七郎もまた、ただ一人で探索に出ております。そしてその日は板橋の宿に向かうはずが早々と引き返し、四谷辺りを歩いているところを見られております」

「政右衛門は不正を憎む男だ。そして一旦目をつければ必ず的《まと》の尻尾《しっぽ》を摑む……。川瀬は追い詰められて、見廻り中の政右衛門に声をかけた……」

「まず編笠《あみがさ》を取り、殊勝な顔をして正直に罪を認め、霧雨《きりさめ》が降る中手をついた……」

「そうなると政右衛門は元より心優しき男ゆえ、こんな所で畏《かしこ》まる奴があるか、まずはそこの料理屋で話を聞こう……。そう言って、政右衛門もまた笠を脱いだ……」

「そこを懐に隠し持った匕首《あいくち》で背中から刺した……」

「刀を抜く間が惜しいゆえにな……。あらかじめ懐の内に抜き身を忍ばせていたに違いない……。油断であったな」

「そうであったとすれば、某はこの一件、やはり見捨ててはおけませぬ」

右門は決然として言った。

「まず待て……」

亮蔵はゆっくりと立ち上がった。

寺の屋根に空いた大きな穴から、暮れ始めた夜空が放つ星影が淡い光を投げかけた。

「おぬしは見事なまでに調べ上げているが、川瀬だけが絡《から》んでいるとも思えぬ」

「ご隠居は他にも仲間がいたと……」

「おぬしもまだ甘いのう。申したであろう、あるはずのないことが起こる……。それが人の世だ、と」

亮蔵の表情が恐ろしいほどに険《けわ》しくなった。

そこには、隠居の身で過ぎし日の友を失った哀しみに沈みつつ、倅の立身だけを拠《よりどころ》とする竹市亮蔵の姿はなかった。

「ご隠居、その仲間に心当たりが……」

「うむ、その仲間とは……」

亮蔵が低い声を発した時――。

廃寺の中が騒がしくなった。

「むッ！」

はっと身構える西崎右門――。

次の瞬間――ここでも、あるはずのないことが起こったのである。

五

「お父つぁんが一緒に飯を食うなんて、随分と久しぶりだなあ……」

福太郎が小ぶりの茶碗《ちゃわん》に燗《かん》のついた酒を注ぎながら言った。

「はいよ。でも、一杯だけにしときなよ」

源蔵は酒の入った茶碗を受け取ると、大事そうに一口飲んでふっと笑った。

「お前がおれの話を聞くのが面倒そうだからよ」

「そりゃあ、面倒とかじゃあねえよ。法螺が過ぎて、聞いているのが馬鹿馬鹿しくなっただけだよ」

「栄三先生は笑って聞いてくれるぜ」

「今はまだ物珍しいからだよ。あの先生も、正兵衛さんの言い付けで顔を出してくれているんだ。あんまり与太話ばかりするんじゃないよ……」

西崎右門が竹市亮蔵と密談をしている頃――。

ふく屋は店仕舞いの後の夕餉の一時《ひととき》を迎えていた。

日頃は店が終わっても、福太郎、お恵夫婦は翌日の仕込みなどもありなかなかすぐに食事にありつけないので源蔵は早めに隠居部屋で一人済ませることが多いのだが、こうして思い出したように膳を共にすることもある。

たまには倅にあれこれ話をしなければいけないと思ってのことだが、向かい合ってはみたものの、結局はこのようなやりとりになり、お恵がとりなすことになる。

「そんなことどうでもいいじゃないか。お父つぁんがせっかく一緒に食べてくれているんだから、お前さんも小言《こごと》めいたことを言うんじゃありませんよ」

お恵に言われると、福太郎も黙るしかない。

――いい嫁だ。

源蔵はお恵に頬笑みかけたが、結局その後はほとんど口を利かずに食べ終えた。

口には出さねど倅からは、

「手前の都合の好い時だけ寂しくなるんだよ、お父つぁんは……」

そんな言葉が聞こえてくる。

その分、お恵が義父の昔話や自慢話を聞いてくれようとするが、死んだ女房のお福にはできた話も息子の嫁となると気が引ける。

なんといってもお福は、義理ではなくて、源蔵が語る話が心から好きだったのだ。店のことも家のことも放ったらかして差口奉公などに夢中になっている旦那だが、あれこれ珍しい話は自分のために仕入れてくれているのだと、お福は思ってくれていたのだ。

しかし、息子には、両親の間のそんな心の交わりは理解できない。

源蔵は、息子との間に出来た溝の深さを、何十年ぶりに会った野鍛冶の正兵衛にたちまち見抜かれたことが恥ずかしかった。

正兵衛は、源蔵と福太郎、両者に好かれるであろう息子の栄三郎をこの家に送り込み、栄三郎という存在を通して父子の溝を埋め、それによって自分もまた息子の腕試しをしているのであろう。

なんと羨《うらやま》しい父と子の結びつきではないか……。

正兵衛と栄三郎を見ていると、自分も生きているうちに息子との好い関わりを残したいと思えてくる。

――だが、一緒に飯を食ったくれえじゃあ、どうってこともねえやな。

「ちょいと出てくらあ……」

飯に茶をかけてかき込むと、源蔵はいつもの木立の中での稽古へと向かった。

「一日くらい休んだらどうなんだい。このところまた咳《せ》き込んでいるようだが、本当に大丈夫なのかい」

父親の体の心配をすることくらいしかもはや会話の余地がない福太郎は、源蔵の背中に語りかけた。

源蔵は背を向けたままで、〝大丈夫だ〟と軽く手を振ると裏手から外へ出た。

「親分……、精が出るな」

裏木戸を潜《くぐ》ると、そこに待ち構えていたかのように秋月栄三郎がいた。

「随分と手裏剣の腕が好いそうだな。おれも少しは使うが、見せちゃあくれねえか……」

「先生……」

源蔵は大きな溜息をついた。

「やはり気づかれてしまいましたか」

「悪いことじゃあねえよ。ただ、腕を鍛えてどうするってえんだ。話しておくれ」

「どうも致しやせんよ。こいつはあっしの道楽ってもんで……」

「道楽ねえ……」

「旦那、まさかあっしを黒塚の紋蔵一味の生き残りじゃあねえかと……」

「親分が本当のことを言ってくれねえ限り、その疑いは晴れねえな」

栄三郎は鋭い一瞥《いちべつ》をくれた。

源蔵は少しの間俯《うつむ》いて黙りこくったが、やがて低い笑い声を発して、

「ふッ、ふッ……。だから先生には近づいてもらいたくなかったんだ。もうあっしに会うのはこりごりだと思ってもらいたくてあれこれ法螺話をしたってえのに、先生ときたらまるであっしを嫌いになっちゃくれねえ……」

「いけなかったかい」

「いいえ。嬉しくて嬉しくて、いつ先生があっしに嫌気がさすかと思うとやりきれねえ想いでございました」

「それでもおれから逃れて、何をしようとしていたんだい。教えておくれ。おれもちょっとは剣を学んだ者だ。親分の助っ人になるよ」

「へい……。ありがとうございます……」

「とにかく話しておくれ……」

源蔵はしっかりと頷いた。

「柊木の旦那の仇《かたき》を討つつもりでございました」

「親分は、柊木政右衛門殿を殺害した下手人を知っているのだな」

「へい……」

「誰なんだ」

「竹市亮蔵でございます……」

「何と……」

栄三郎の脳裏に、柊木政之介の屋敷ですれ違った老侍の温和な顔が浮かんだ。

「竹市亮蔵というと、柊木政右衛門殿の盟友ではないか」

栄三郎は信じられぬ想いでまじまじと源蔵の目を見た。

「それだから、余計に許せねえのでございます」

三年前のあの夜――。

源蔵は駿府から所用を終えて戻るという柊木政右衛門を、わざわざ品川まで迎えに行った。

その数日前に起きた、竹市亮蔵、川瀬弥七郎、増岡浩助による黒塚一味との死闘の興奮醒《さ》めやらぬ中、源蔵は火付盗賊改方に差口奉公する他の手先から聞きかじった一件の顚末《てんまつ》を一時《いっとき》も早く政右衛門に伝えたかった。その死闘の場に政右衛門がいれば、盗人全員を死なせてしまうこともなかったであろうし、奪われた金の行方もすぐに知れたのではなかったか――。

源蔵はそんな話も政右衛門にぶつけてみたかったのである。

源蔵には、竹市亮蔵はともかく川瀬、増岡の両同心が、賊を一人も生け捕りにできなかったというしくじりを犯したというのに賊徒討伐の功を讃《たた》えられているのが気にくわなかった。

あれこれ評判が悪い川瀬弥七郎に加えて、源蔵はどうも増岡浩助という男も、人間に裏表があるような気がして嫌いであった。

今度の功を鼻にかけ好い気になっている川瀬、増岡のことを、政右衛門に言い付けてやりたい気がしていたのである。

高輪《たかなわ》の大木戸で無事政右衛門を迎えた源蔵は、組屋敷への道すがらあれこれ政右衛門に語った。

政右衛門は事のあらましを早飛脚《はやびきゃく》によって報されていたが、源蔵が思っていた以上に今度の一件については無念がっていて、豪快な中に冷静さを失うことのない政右衛門にしては珍しく源蔵にあれこれ問いかけ、川瀬の話になると顔を歪《ゆが》めてみせた。

「亮蔵が取りなすゆえに今は黙っているが、おれは川瀬をこのままにはしておかぬぞ……」

こんな言葉さえ口から出た。

竹市亮蔵、川瀬弥七郎、増岡浩助は剣術道場が同門で、毎年かつての剣の師の命日は寄り集まって酒を酌《く》み交わしているとのことで、

「その折、川瀬にはじっくりとおれから話すゆえ、とにかくあ奴のことはおれに預けてくれぬか」

と、政右衛門は竹市亮蔵から言われているそうな。

組屋敷へ着くと、そこにはその竹市亮蔵が政右衛門を待ち構えていて、一件の報告を政右衛門にした。

源蔵はそこで帰るようにと政右衛門に言われたが、黒塚一味の残党がいるやもしれぬし消えた二千両の行方も追わねばならないと、この宵から政右衛門が見廻りに出ることはわかっていた。

「あっしも一番手柄を立てたくて、危ない探索には立ち会わぬようにと旦那から常々言われておりながら、この時ばかりはじっとしちゃあおられませんでした」

それで源蔵は、密かに手先の真似事《まねごと》をして、夜になってから内藤新宿辺りを見廻った。

おそらくその辺りを柊木政右衛門が見廻ることを知っていたので、そっと姿を

捜したのである。

「あっしも五十を過ぎて、こんな大きな捕物に関わることはこれが最後だと思ったのでございます。ですが、うろうろとしているのが知られたら柊木の旦那に叱られやすから、そっと姿を求めたんでございます。すると編笠を被《かぶ》った浪人が内藤新宿をぶらりと歩いているのを見かけやした。身をやつしていてもあっしにはわかります。間違いありやせん。それは柊木の旦那でございました」

源蔵はそっと後をつけた。気づかれたら追い返されるので、遠く間合をはかって細心の注意を払った。そうして、もし何かが起これはすぐに役に立てるようにと様子を窺ったのである。

この時ほどうまく尾行ができたことはなかったという。日頃危ない真似はするなと言われながらも勝手に探索の真似事をしていたのが、その時になって生きたのだ。

すると、仲町へさしかかった辺りで向かいから歩いて来た、これも編笠を被った浪人風の男とすれ違いざま、柊木政右衛門は二言三言《ふたことみこと》言葉を交わした後に、玉川上水辺《ほとり》の町屋が立ち並ぶ一画の裏手へと二人で歩いていくではないか。

源蔵は通りを駆け、細い路地を抜け、先回りして裏手にある用水桶《おけ》の陰に潜み、息を凝らして二人の出現を待った。

この辺りは、源蔵にとっては若い頃から庭のようなものであった。何かが起こりそうな予感に思わず興奮してしまったのである。

柊木政右衛門ははたしてもう一人の編笠の浪人を伴《ともな》って、源蔵が先回りした人気《ひとけ》のない場所に現れ、立ち止まった。

すると政右衛門の眼前で、もう一人の浪人風が笠を脱いで膝をついた。目を凝らすと、その浪人風は川瀬弥七郎であった。川瀬は日頃の行いを政右衛門に叱責されたのであろうか。それを詫《わ》びているように源蔵の目には映《うつ》った。

はっきりと言葉はわからなかったが、政右衛門は不快な声で、

「見廻り中によさぬか」

と、川瀬に怒っているように思えた。

「そこへ路地から一人、竹市亮蔵がやって来たのでございます……」

亮蔵もまた編笠を被っていたが、これを取って政右衛門に声をかけた。川瀬のことを取りなしてやっているように思えた。

こんな所では何だから、近くの料理屋へでもひとまず入って話を聞いてやれと言っている様子がわかった。

他ならぬ亮蔵の言葉である。政右衛門も笠の緒に手をかけ、己が編笠を脱いだ刹那《せつな》、政右衛門の背後から亮蔵がぶつかったように見えた。

政右衛門は振り返ったが、その表情は信じられぬという驚嘆に充《み》ちていた。

そして、政右衛門はその場に崩れ落ちた。

源蔵はそれを見て、初めて政右衛門が亮蔵に刺されたことを知った。

その時、対岸の土手に、近くに屋敷を構える内藤家の家臣たちであろうか、整然と隊を成し、歩いてくるのが見えた。

亮蔵は慌てて懐から取り出した棒手裏剣を倒れた政右衛門の首筋へ突き立てると、川瀬と共にその場から足早に立ち去った。

「お侍方は柊木の旦那が殺されていることに気づかぬまま通り過ぎていったようでございますが、あの時通りかからなければ、竹市亮蔵と川瀬は旦那の骸《むくろ》をどこかへ隠そうとしたに違いありやせん……」

「で、親分は、逃げた二人の後を追ったのかい」

「へい、もう無我夢中ってものでございます」

亮蔵と川瀬は青梅《おうめ》街道を突き進み、熊野十二社権現《くまのじゅうにそうごんげん》にまで出た。ここは江戸の者たちに春は桜、夏は滝浴み、秋は紅葉《もみじ》、冬は雪見で親しまれた景勝の地であるが、夜ともなれば辺りは森閑《しんかん》としている。

亮蔵と川瀬は弁天《べんてん》池の辺で一人の男と会った。

男は侍で手に提灯を提《さ》げていたが、間を開けて二人を追う源蔵にはよく見えない。

池の辺には身を潜める所がないゆえに、源蔵は遠く離れた閉店後の茶屋の葭簀《よしず》の陰から見て確かめるしかなかったのだ。

三人は何やら話し合った後に、ばらばらにそこから立ち去った。

源蔵は新たに現れた男の提灯の灯を頼りに、こ奴の後をつけた。提灯の灯は青梅街道へと向かう。淀《よど》橋へ出た時に、町家の軒行灯《のきあんどん》の明かりにはっきりと見えた侍の顔は――。

「増岡浩助でございました……」

「増岡浩助……。そいつも火付盗賊改の同心じゃあねえのかい」

「へい、竹市亮蔵、川瀬弥七郎とその手先の四人で、黒塚の紋蔵一味を斬り倒したうちの一人でございます」

「そいつは何とも臭《にお》うな」

「へい。ぷんぷん臭いやした」

「親分はそれからどうしたんだい」

「この三人を毎日そっと追い回しやした……」

源蔵が目撃したことを言い立てても、火付盗賊改方にいる三人が関わっているとなれば、表沙汰になる前に揉《も》み消されるに違いない。下手をすると、源蔵が殺されるだけでなく、息子夫婦に危害が及ぶ恐れもある。

その日から源蔵は、忠実に仕えていた旦那・柊木政右衛門が黒塚の紋蔵一味の仕返しを受けて殺されたと信じてやまず、これを求めて四宿を行き通う法螺吹き男になることに徹した。

そもそもが手先らしい仕事など任されたことのない源蔵のことである。火付盗賊改方に勤める者たちは、

「源蔵も焼きが回ったか、哀れなものよ……」

と一様に思ったものだ。

だがその裏で、源蔵は竹市亮蔵、川瀬弥七郎、増岡浩助の三人の動向を探りつつ、棒手裏剣の腕を鍛え始めた。

そして、あの日、品川から四谷への道すがら、亮蔵が剣の亡師の命日に、川瀬、増岡らと毎年酒を酌み交わすと柊木政右衛門から聞いたのを思い出して、当

日の十二月十四日に亮蔵の後をつけた。

日頃は盗賊探索に腕を揮《ふる》う亮蔵も、まさかに自分がつけられているとは思わず、易々《やすやす》と源蔵の尾行を許した。

おおよそ亮蔵は川瀬弥七郎の不正に手を貸し、それを糺《ただ》そうとする柊木政右衛門を殺害したのであろう。そして政右衛門がこの世におらぬ限り、自分を取り調べることのできる者など誰一人としておらぬであろうと高を括《くく》っているのに違いないと、源蔵は思った。

その夜、竹市亮蔵はかつての同門の士たちと目白《めじろ》不動前の料理屋に集《つど》い、したたかに飲み、上機嫌で店を出た後、一緒にいた川瀬、増岡と共に神田《かんだ》川を船で下り、池之端へと向かった。源蔵はくらいつくように陸から船を追い、後をつけたのだが、

「驚いたことに三人は、黒塚の紋蔵一味が潜んでいたあの料理屋に入っていったんでございます。あっしは何かあると思って、咄嗟《とっさ》に一味五人が討ち取られた離れ座敷に近づこうと料理屋の裏から忍び込んで、植込みの陰に隠れたのでございます」

やがて件の離れ座敷へと店の女将に案内されて三人は入って来た。この部屋

は、取り調べが終わるまでは使うことならぬと命じられていたようだ。

「今宵はここで酒を飲み、黒塚一味に殺された我が盟友・柊木政右衛門を偲《しの》び、復讐《ふくしゅう》の想いを新たにしたい。酒を持ってきてくれた後はそっとしておいてくれぬか……」

竹市亮蔵の声が聞こえてきた。

亮蔵はいくばくかの金を渡したようで、使えぬ部屋で飲んでくれるならありがたいとばかりに女将は愛想《あいそ》をふりまいて下がった。

やがて座敷に酒肴《しゅこう》が運ばれてきた後、辺りを静けさが支配したが、源蔵がじっと耳を澄ますと、三人は中で何か作業を始めたようだった。

「植込みの陰から軒下を窺うと、部屋の明かりが差し込んでおりやした」

源蔵の言葉に栄三郎は思い至って、

「そうか、黒塚一味が盗んだ金が床下に埋められてあったんだな」

源蔵はゆっくりと頷いた。

「これでわかりやした。あの三人は黒塚の一味と出来てやがったんでさあ。柊木の旦那が、どうも相手に手の内を読まれているようだとこぼしていたことが頷けます」

「それで三人で、後々面倒の種になる黒塚一味を捕物にかこつけて殺しやがった」

「おそらく川瀬の手先を務めていた才三も、用なしになったんで殺されたんでしょう」

「さすがの黒塚一味も、ここまで汚《きたね》え侍がいるとは思わなかったんだろうな……」

　栄三郎は吐き気がする想いであった。

「あっしは見つかって斬られても構うもんかという気持ちで、離れ座敷に近づいて耳を澄ませやした……」

　すると、竹市亮蔵はくれぐれも大金を人に見られぬようにと川瀬と増岡に注意を与え、毎年この日は宴《うたげ》の後三人でここへ来て、互いに誰か自分たちを怪しむ者がいないか相談しようと言った。

　この約束はその後続けられていて、次の年もその次の年も、三人はここで身の安全を確かめ合っていたという。

「そして今年も奴らは池之端の料理屋の離れ座敷に集まり、柊木政右衛門殿を偲ぶという名目の中、密談を続けるであろうというわけだな」

「へい……」

これまでの間に源蔵は、そもそも黒塚の紋蔵なる盗人など存在せず、百化けの猫三なる盗人を捕らえた時、命乞《ご》いをする猫三から見逃してくれたならばこの先盗みに入った先で得た金は山分けにすると言われ、稼げるだけ稼がせた後に始末することを念頭に、三人が大盗・黒塚の紋蔵を作りあげたという事実を知ることになる。

竹市亮蔵は柊木政右衛門とは盟友としてあらゆる事件を解決してきたのだが、学問優秀の息子・亮左衛門を何とか立身させるには各所に付け届けをせねばならず、金が要《い》った。

それが亮蔵を凶行に走らせ、盟友をも殺害に至らせたようだ。

「初めはきっと、何気なく悪事に手を貸したのであろうな。だが、一度ついた嘘をつき通すのは大変だ。あれよあれよという間に罪を重ねやがったんだ……」

栄三郎は嘆息した。

「それで親分は、奴らを手前《てめえ》らで作った黒塚の紋蔵一味の仕返しを受けて殺されたように見せかけようと、手裏剣の稽古を積んでいたというわけか」

「へい。今となってはあの三人にお上の裁きを受けさせることなどできやしません。あっしがこの手で人知れず殺してやろうと心に誓ったのでございます……」

だが、自分は刺し違えてもよいが、息子夫婦に害が及んではいけない。

「だから手裏剣の腕を鍛えようと……」

それ以来こっそりと稽古を積んできたのだが、棒手裏剣での襲撃なら捕らえられることも少ない。池之端の料理屋で、酒に緩《ゆる》んだ三人に雨あられのように投げつけてやれば命を奪えることもあろう。

「そして先生、暗闇の中でも見事、手裏剣を当てることができたんでさあ」

源蔵は何もかもぶちまけて、すっかりと表情も晴れ渡ってきた。

「どうか止めねえでくださいやし。あっしのこの三年が、あと四日で終わるんでさあ……」

「止めやしねえよ……。だが親分、おれにも助っ人させてくんな」

「栄三郎先生を巻き込むわけにはいきやせんよ。相手は何たって、火付盗賊改の役人なんですぜ」

源蔵はそれはならないと、祈るような目を向けた。

「いや、義を見てせざるは勇なきなりだ。親分、おれはちょうど武士と町人の間にいる男だから、お前さんの好い助っ人になれると思うんだ」

　だが、栄三郎は表情も晴れやかに言い放った。

「親分、おれにも歳をとってから自慢話になることを作らせておくれよ。おれも今度のことで自分を変えてみたいのだよ」

「どうなっても知りませんぜ……」

「おれにも知恵があるよ。それにしても親分、この三年の間、よくぞ敵の目を欺《あざむ》いて、ただ一人で励みなすったねえ。秋月栄三郎、つくづくと感じ入りましたよ……」

　栄三郎は源蔵に威儀を正して見せた。

「とんでもねえ……。こうすることのほか、何の知恵も浮かばなかった馬鹿な野郎でございますよ。でもねえ、お天道様《てんとさま》も哀れんでくださったんでしょうねえ。ここへきて、大坂から正兵衛の親方を江戸へ連れてきてくださった。そうして栄三先生に会えた……」

　源蔵は目に涙を浮かべながら深々と栄三郎に頭を下げた。そしてしばらく嗚咽《おえつ》を抑えて目を伏せたが、その拍子《ひょうし》にちょっと咳き込んだ。

「おい、大丈夫かい」

　案ずる栄三郎を両手で制して、

「大丈夫ですよう、まだまだくたばりゃあしませんぜ……」

源蔵は涙を見せた照れ隠しに懐から棒手裏剣を取り出すと、勢いよく裏の塀《へい》に投げつけた。

たちまち五本の棒手裏剣が、塀に真一文字に突き立った――。

第五章

旅立ち

一

不忍池《しのばずのいけ》の辺《ほとり》にあるその料理屋へ行くには、松、杉、柏《かしわ》などが生《お》い立つ林を抜けねばならなかった。

ひっそりとした佇《たたず》まいの料理屋は、ちょっとわけありの男女が忍び逢《あ》ったり、江戸の喧騒《けんそう》をさけてゆったりとして寛《くつろ》ぎたい者にはありがたい。

しかし、夜ともなるとこの林を通り抜けるのは何とも物寂《ものさび》しくて気味が悪い。

その夜はさらに寒風が吹き荒《すさ》び、不気味な音を立てていたというのに、まるで動じず不敵な笑い声を立てている三人の男がこの林の中をやって来た。

この内の一人はかつて火付盗賊改方において鬼与力として知られた竹市亮蔵で、これに付き従うのは今なお火付盗賊改方同心として威を張る川瀬弥七郎と増岡浩助の二人である。このような物寂しき処《ところ》をまるで気にもしない理由も頷《うなず》ける。

「西崎右門の出奔《しゆっぽん》はどのような話になっている」

「女にうつつを抜かして、見廻《みまわ》りの中《ちゆう》に逃げたってことになりそうですねえ

「……」

亮蔵の問いに増岡が答えた。

他ならぬ竹市亮蔵と密談に及んだ日を境《さかい》に、火付盗賊改方与力・西崎右門はぷつりと消息を絶った。

役所内では騒ぎになり、西崎右門の組屋敷の内を調べてみたところ、女と交《か》わした誓紙が右門の居室から見つかったというのだ。

「女と交わした誓紙がのう……。あの男がそんな物を屋敷に残して女と出奔するとは思われぬ。屋敷内を取り調べた役人の手によって持ち込まれた物ではなかったのか」

亮蔵は皮肉な笑みを浮かべた。

「さて、某《それがし》も取り調べに同行致しましたが、誰がそのようなことを……」

増岡がうそぶいた。するとその脇から川瀬がニヤリと笑って、

「いやいや、本当のところは誰かに古寺なぞに呼び出されて、ぶすりと殺《や》られたんじゃないんですかねえ……」

と、亮蔵に問いかけた。

「さて、誰がそのようなことを……」

今度は亮蔵がうそぶいて、三人はそれぞれの顔に含み笑いを浮かべたものだが、

「とはいえ、西崎右門、行方知れずになるには惜《お》しい男であったな。川瀬のこともよう調べあげたものだ」

亮蔵は、一転声に凄《すご》みを利《き》かせた。

「面目《めんぼく》ないことにて……」

川瀬は頭を掻《か》いて、

「柊木政之介と西崎右門は昔馴染《なじ》み。何か勘づいているのでは……」

こちらも低い声を発した。

「柊木政之介……。ふッ、ふッ、あ奴《やつ》なら気にすることもあるまい。政右衛門はよく倅《せがれ》にこの仕事は向かぬとこぼしていたが、人の好《い》いのもあれほどまでとなれば、かえって身の安泰と申すものだ」

先日はいきなり訪ねてきたかと思うと、亮蔵の倅・亮左衛門の栄進の話を聞きつけ、喜びに来たものだと亮蔵は笑った。

「人が好いと申しますと……」

川瀬は追従《ついしょう》の笑みを浮かべて、

「あの、源蔵とか申す馬鹿は、今でも黒塚の紋蔵の探索に日々努めているそうで……。はッ、はッ、世の中にはめでたい男もいるものでござるな」

洞穴の源蔵をこきおろして亮蔵と増岡の笑いを誘った。

「ふッ、ふッ、真《まこと》よの。その話を聞いて、政之介は涙を流さんばかりに喜びよった。だが、それで好いのだ。親父《おやじ》のように何事にも気が走り、悪事は総じて許されぬ……。そのような男は厄介だ。そして何より、命取りだ……」

三人は頷き合って林を抜けようとしたが、その手前で思わぬ二人連れと出くわした。

竹市亮蔵は目を疑った。

「うむ……、源蔵ではないか。それにそこ許《もと》は……」

「先だって柊木政之介殿のお屋敷にて御意《ぎょい》を得ました、気楽流剣術指南・秋月栄三郎にござりまする」

思わぬ二人連れとは、秋月栄三郎と洞穴の源蔵であった。

今の今まで散々腐していた源蔵が、剣客《けんかく》と連れ立ってこのような処にいるとは……。

川瀬と増岡は狐《きつね》につままれたような心地であった。さらに秋月栄三郎なる剣客のことは聞かされていなかったので、ジロリと値踏みするような目を向けた。

——嫌な野郎だ。

だからおれは侍が嫌いなんだと栄三郎は思った。

もちろん栄三郎は源蔵の仇討《あだう》ちの助っ人に出てきたのであるが、暗闇の中、物陰から必殺の棒手裏剣《ぼうしゅりけん》を投げつけて逃走するという源蔵の策を押し止《とど》め、こうして二人並んで出てきたのにはどのような妙手があるのであろうか。気楽流を修めた刀法で三人を相手に討つというのか——。

川瀬弥七郎は一刀流の達人、増岡浩助とてその同門で火付盗賊改方では誰もが一目置《いちもく》く剛の者。表情を強張《こわば》らせる同心二人を尻目《しりめ》に竹市亮蔵はというと、初めて栄三郎と会った時の穏《おだ》やかな隠居の顔に変じている。

今の今まで調子好く歩みを進めていた足も、脚気《かっけ》に苦しむ弱々しいものに戻っていた。その見事な変わり様に、誰もが竹市亮蔵を疑いもしなかったことが頷ける。

「おうおう、そうであった、秋月殿じゃ。確か源蔵とは存じ寄りでござったのじゃな」

「はい、畑中先生の道場で柊木殿とお近づきになりましたところ、この源蔵親分を互いに知っているということで不思議な縁が繋《つな》がりまして……」

「そうであった、そうであった……」

虫も殺さぬ隠居を演じる亮蔵に対して、栄三郎も爽《さわ》やかな表情を崩さない。

「して、また何ゆえに斯様《かよう》なところに二人して姿を見せられたのでござる」

「そろそろここへお越しになる頃かと存じまして……」

「なんと……この隠居を待ち構えていたと申すのか」

「はい、二人してお待ち申し上げておりました」

「はて、何用あってのことかのう」

表情を崩さぬ隠居に、栄三郎は揺さぶりをかけるように、

「皆様のお仲間にして頂きとうございましてね」

「お仲間……。何のことやら……」

「まあ、早い話がお前さん方の悪事を黙っていてやる代わりに、こっちの願い事を聞いてもらいてえってことさ。なあ、親分」

「へい、左様《さよう》でございますよ」

源蔵が腹を据《す》えて言った。

「無礼者めが！　おのれ、言いがかりをつけるとただではおかぬぞ」

川瀬と増岡は気色《けしき》ばみ、刀に手をかけた。

「まあ待たれよ。何か思い違いをしているようじゃ。まず話を聞こうではないか」

亮蔵はどこまでも表情を崩さない。

「三年前のあの霧雨《きりさめ》の夜の一件ですよ。内藤新宿の裏手は玉川上水の辺。ここで川瀬の旦那《だんな》が柊木政右衛門殿の前に手をついて詫《わ》びた。それをご隠居が取りなすふりをして背中からブスリとやって、首に棒手裏剣を突き立てて黒塚一味の仕業《しわざ》に見せかけたって、あの話ですよ……」

栄三郎は口舌鮮やかに、源蔵から聞いた悪人どもの行状をすらすらと話した。

たちまち川瀬、増岡の顔色が鉛色《なまり》に変化し、その体から殺気を放った。

だが、それでもなお、亮蔵だけは泰然自若《たいぜんじじゃく》として、

「おぬし、何を言いたいのだ。まったく馬鹿馬鹿しい。夢でも見たようじゃな、源蔵。何よりも、そのようなことを見たのであれば何ゆえすぐに申し出なんだ。この竹市亮蔵が柊木政右衛門とは盟友であったことを知りながら、何ゆえそのような言いがかりをつける」

諭《さと》すように源蔵を見た。

「三年前にそのようなことを言おうものなら、お前さん方三人にばっさりとやられて、うやむやにされるだけじゃあねえですか。だからこの三年の間、源蔵親分は動かぬ証拠を集めたんですよ」

さすがに亮蔵の威圧に口をもごもごとさせる源蔵に代わって、栄三郎は挑発を続けた。

「動かぬ証拠だと……。ふざけるな！」

目の前の二人がどこまでのことを知っているのか聞き出そうと、竹市亮蔵は平静を保っていたが、川瀬弥七郎がこれに堪《こら》えきれず激昂《げっこう》した。

栄三郎の言うことが当時の事実にあまりにもぴたりとあてはまるゆえの動揺を、怒ることでしか抑えられなかったのだ。

これが秋月栄三郎の狙《ねら》いであった。

「心配しなさんな。その証拠の在《あ》り処《か》はおれと親分の二人だけしか知らねえことですよ」

川瀬の性格を源蔵から聞いた栄三郎は、これを挑発し続ける。

「黙れ！　どのような証拠があると申すのだ」

「まあ色々とね。新しいところでは西崎右門という旦那を殺っちまった時に、川瀬の旦那がその場に落としていった物とかね」

増岡が思わず、はっとした目を川瀬に向けた。

亮蔵は勇猛な反面、怒ると我を忘れる川瀬が余計な口を利かぬように、振り向いて何か言おうとしたが、

「おれがあの古寺に何を落としたというのだ！　言ってみろ！」

すでに川瀬は口走っていた。

栄三郎はニヤリと笑って、

「古寺……。はて、西崎右門の旦那は女と手に手を取って出奔したと聞きましたが、そうでしたか、古寺で殺されたのか……」

「うむ……。おのれ……」

川瀬は栄三郎が鎌をかけたのにすっかり乗せられたことを悟り、歯嚙《はが》みした。

「ですから心配無用にと申し上げているでしょう。こっちの願い事さえ聞いてもらえるなら口外はしねえと……」

栄三郎は一筋縄《ひとすじなわ》ではいかぬこの三人を相手に、堂々と渡り合っている自分に驚いていた。それがさらに自信を呼び、ここでの栄三郎の存在を大きくした。

竹市亮蔵は油断をした。いくら物事に臈《ろう》たけていたとて、悪事を追及する側と

突かれる側では勝手が違った。

しかも、馬鹿だと思ってまるで眼中になかった源蔵がとんだくわせもので、これほどまでつぶさにあの日の動きを確かめていたとは……。

その上に、この秋月栄三郎という男は白面《しらふ》でなかなかに弁が立ち、こちらは酒気を帯び、川瀬という直情径行《ちよくじようけいこう》な男を抱えている不利を確実に突いてくる。

「わかった。おれの負けだ。お前たち二人の願いを聞いてやろう」

亮蔵は静かに言った。

「それはありがたい……」

栄三郎はにこやかに頷いた。

「まず話を聞こう。そこの料理屋まで参ろう」

「畏《かしこ》まりました……」

「それにしても源蔵、あれだけ慕《した》っていた政右衛門が殺されたというのに、それを種におれを強請《ゆす》ろうとは、お前も随分《ずいぶん》な男よのう」

亮蔵は源蔵に冷笑を浴びせたが、

「随分なのは竹市様の方でございましょう」

源蔵は亮蔵を睨《にら》みつけるように見た。

その目には、この三年間の想《おも》いがこもっている。

さすがに亮蔵もただならぬ気迫に圧《お》され、

「ふん、吐《ぬ》かしよるわ。まず参ろう……」

栄三郎と源蔵は亮蔵に促《うなが》され、栄三郎は源蔵を前にして、亮蔵に背を向けてゆっくりと歩き出した。だが、その時、亮蔵が川瀬、増岡にちらりと目で合図を送ったことを、栄三郎は背中に覚えていた。その刹那《せつな》、栄三郎の体の中に沸々《ふつふつ》と怒りが込みあげてきた。

「願いとは金か。剣客のおぬしはどこぞのお旗本の剣術指南の口か……」

亮蔵の声が優しげに聞こえたのが、連中の襲撃の間を計る策略であろう。

「我ら二人の願いとは、お前さん方三人が己《おのれ》の悪事を認めて潔《いさぎよ》く腹を切ることだよ！」

栄三郎は言うや源蔵の背中をぽんと押して、振り向きざまに抜刀した。

「やかましいわい！」

「おのれ、我ら三人を斬れると思うか！」

同時に、亮蔵、川瀬、増岡が抜刀して身構え、今しも栄三郎に殺到しようとした時――。

「待て！」

林の繁《しげ》みの中から二人の屈強なる武士が躍《おど》り出た。

武士は秋月栄三郎の剣友・陣馬七郎に、今一人は巌《いわお》のごとき偉丈夫《いじょうふ》で猛鳥のような鋭い目をした剣客——彼こそが松田新兵衛であった。

今日のこの瞬間のために、栄三郎は江戸に戻っていた陣馬七郎を訪ね、理由を話して助っ人を頼んだ。七郎はこれを快諾《かいだく》しつつ、ちょうど上州から江戸へ戻っているという松田新兵衛を寄宿先となっている浅草馬道《うまみち》の蛭川道場に訪ねればよかろうと、栄三郎を連れていった。

「栄三郎！　おぬしは剣を捨て、破落戸《ならずもの》のごとき暮らしをしていると聞いたが、岸裏先生のお言葉を何と心得る！」

会うや否《いな》や、雷のごとき叱責《しっせき》を栄三郎に浴びせかけた新兵衛であったが、

「まず話を聞いてくれ……！」

栄三郎からそっと今度の一件を聞かされるや、

「怪《け》しからぬ！　役人の本分を忘れた亡者どもめ。これで御政道が成り立つものか！」

と大いに憤慨《ふんがい》し、七郎と共に伏兵となって繁みに隠れたのである。

岸裏道場において竜虎と謳《うた》われた新兵衛と七郎の登場に、川瀬、増岡は夜目にも新手《あらて》の身のこなしの確かさに気圧《けお》されて、思わずその場に立ち竦《すく》んだが、そこは火付盗賊改方の猛者《もさ》である。それぞれ己《おの》が命をかけて斬り込んだ。

「小癪《こしやく》な奴らめが！」

亮蔵は正面の秋月栄三郎にぐっと突きを繰《く》り出す。栄三郎はこれを右に左に払いつつ、牽制《けんせい》の一刀を下からすくい上げた。今日の差料《さしりよう》は無銘——野鍛冶の父・正兵衛が一世一代、ただ一振り鍛《きた》えた物である。怒った時の栄三郎の剣の冴《さ》えは素晴らしい——。

その時、川瀬の打ち込んだ袈裟《けさ》斬りの一刀を、松田新兵衛の愛刀・水心子正秀《すいしんしまさひで》がはね上げていた。闇夜に浮かぶ火の粉が、その打突の凄《すさ》まじさを物語っているが、

「うむ……」

得意の一刀をたやすく下から返され、川瀬は松田新兵衛の腕に唸《うな》った。

その想いは増岡浩助とて同じで、陣馬七郎が変幻自在に操《あやつ》る一竿子忠綱二尺三寸五分《ぶ》に、為《な》す術《すべ》もなく防戦一方に追い込まれていたのだ。

「それ！」

栄三郎の峰に返した刀が亮蔵の刀を巻き込むように下へ払うと、亮蔵の小手《こて》を丁《ちょう》と打った。

「むッ……」

利き手を痛め、亮蔵は後退した。脚気を患《わずら》っていたはずの足は好く動いた。

「すっかり江戸患いは治ったようでござるな！　小父上《おじうえ》……」

気がつくと今一人、若侍が新たに現れて亮蔵に声をかけた。

「お、お前は、政之介……」

亮蔵は瞠目《どうもく》した。そこに柊木政之介が立っていたのだ。

栄三郎から報《しら》せを受け、新兵衛、七郎と共に繁みに待ち伏せ、潜《ひそ》んでいたのである。

「獅子《しし》身中《しんちゅう》の虫め、恥を知れ！」

政之介は栄三郎の助太刀《すけだち》を得て、峰打ちを亮蔵の右胴に決めた。鬼と言われた亮蔵も怒れる剣客・秋月栄三郎の助太刀を得た政之介の前では剣の精彩を欠き、その場に崩れ落ちたのである。

その時には増岡浩助も肩に陣馬七郎の一撃を受けて刀を取り落とし、へなへなとその場に座り込んだ。

唯一、さすがに小野《おの》派一刀流の遣《つか》い手・川瀬弥七郎は松田新兵衛を相手にここまで奮戦を続けてきたが、この様子に抜き身を引っ提《さ》げたまま呆然《ぼうぜん》と立ち尽くした。

「まさか……」

味方の劣勢に加えて見覚えのある顔がもう一人、夜目に確かめられたのである。

かつて火付盗賊改役に就いたこともある、御先手組組頭《くみがしら》・中江伊予守《なかえいよのかみ》その人であったからだ。

「かくなる上は観念致せ！　その方どもの悪行、この中江伊予守が確《しか》と見届けたぞ……」

柊木政之介に相談を受け、わざわざこの目と耳で確かめると言って微行《びこう》でやって来た伊予守であったが、ここへ来てついに声をあげた。

「ちッ！」

川瀬はそれでも最後のあがき――この男はどこまでも悪の華《はな》を咲かせたいのか、舌打ちするや、松田新兵衛に大きく斬りつけ、新兵衛が引くと見るや脱兎《だっと》のごとく走り出した。

「親分！」

この時初めて、栄三郎が己が背に庇《かば》っていた源蔵を前へ押しやった。

源蔵はすでに懐《ふところ》の内で手に馴染《なじ》ませていた棒手裏剣を取り出して、これを次々と闇夜に放った。

「クッ！　おのれ……」

見事である。五本中三本が川瀬弥七郎の腿《もも》と脹脛《ふくらはぎ》に突き立ち、逃げるこ奴の動きを止めた。

「やったぞ！　親分、さあ言ってやれ！」

秋月栄三郎は跳びあがって喜んで、源蔵に大きく頷いた。

源蔵は満面の笑みでこれを受けた。その目には涙が溢《あふ》れんばかりに溜《た》まっている。

「やいやい手前《てめえ》ら！　よくもよくも、おれの恩人・柊木政右衛門様を殺しゃあがったな！　この洞穴の源蔵が一人一人ぶっ殺してやりてえところだが、それを柊木の旦那は喜ばれめえ……。神妙にお縄を頂戴し、お上のお裁きを受けやがれ！」

胸のすく源蔵の啖呵《たんか》が薄闇の林の中に響き渡った。

「源蔵……、一番手柄であったな……」

柊木政之介は感極《きわ》まりながら源蔵の手を取って、互いの泣き面《つら》を見合わせた。

「一番手柄……で、ございましたか……」

源蔵はその言葉を噛みしめるようにして、深々と秋月栄三郎に頭を下げた。

涙を照れ笑いでごまかす栄三郎の様子が昔と変わらないのがおかしくて、松田新兵衛、陣馬七郎の顔も綻《ほころ》んだ。

「親分、一番手柄だな！」

栄三郎の弾む声を総身に受けた源蔵は、皺《しわぶ》込みあげる安堵《あんど》にすべての力を出し切ったか、幸せそうな顔のまま、二、三度咳いた後にがっくりとその場に倒れ込んだ――。

二

「いよいよ某にも、火付盗賊改での任が回ってきそうにござる」

柊木政之介が秋月栄三郎に、少しはにかみながら伝えた。

「それは何よりでございますな。政之介の旦那なら立派に勤まりますよ」

応《こた》える栄三郎の声音《こわね》、顔付き、物腰はあらゆる自信に守《も》り立てられたか、この一月《ひとつき》足らずの間にすっかりと味わいのあるものとなっていた。

「加役と申しても、増役などという、一時しのぎに務めるものでござるが……」

「なるほど、今はあれこれ大変ゆえ、中江伊予守様が駆り出されたのでござるな」

「左様でござる」

「増役とはいえ、お父上様がお名を馳《は》せられたお役です。負けてはおられませぬな」

「父からは加役に留め置かれぬように、しゃかりきになって勤めるなと言われたが、どうしたものでござろうな」

「精一杯お勤めなされませ。お父上様は背《そむ》いてくれるよう、心の中では思っておいでであったはず」

「そうでござるかな」

「そういうことにしておきましょう。この栄三郎などは親の言うことに背いてばかりでしたから、旦那にも同じ罪を犯して頂きとうござりまする」

「ふッ、ふッ、しからば背きましょう……」

「それは何より……。これで互いに、出来の悪い倅同士にございますな」

洞穴の源蔵が一番手柄を立ててから三日が過ぎた。

それからの間、互いにめまぐるしい日々の動きの中に呑《の》み込まれた感のあった秋月栄三郎と柊木政之介であったが、やっと一息ついて、この日政之介は栄三郎を組屋敷に招いた。

会って話しておきたいこと、訊《たず》ねておきたいことがあれこれあった。

源蔵が三年の間、胸の内で温めてきた復讐《ふくしゅう》の構想と、忌《い》まわしき殺人の事実を聞かされた栄三郎は、源蔵の助っ人になることを誓った上で、人知れず棒手裏剣を投げて殺すという彼の腹案を思い止《とど》まらせた。

あらゆる手を講じたとて勝負は一瞬、三人は無理でもせめて竹市亮蔵だけでも倒せれば好いが、もししくじって正体を知られれば、福太郎、お恵にも累《るい》は及ぶであろう。

まず竹市亮蔵一派の罪状を明白にし、罪を償《つぐな》わせることが肝心《かんじん》ではないか――。

源蔵は、栄三郎の言うことはもっともなことだと納得はした。しかし相手は老練の竹市亮蔵に、屈強で知られた川瀬弥七郎、増岡浩助は現職の火付盗賊改方同心である。栄三郎が松田新兵衛、陣馬七郎なる凄腕《すごうで》の剣友を助っ人に呼んで三人を力で打ち倒したとて、罪状を明白にし、裁きの場に引き据《す》えることなどできまい。かえって先行きのある剣客三人に凶賊の汚名を着せることに至りはしないか――。

そう言って栄三郎の助っ人を拒《こば》んだのであるが、栄三郎は源蔵を説得し、まず柊木政之介にこの事実を伝え、政之介の力で組頭を担《かつ》ぎ出し、栄三郎の話術で竹市一派に己が罪を認めさせた瞬間を見届けてもらうという一計を案じたのだ。

中江伊予守はこれに応じ、いざという時のために林の外に配下の侍数人を配して、自《みずか》らは繁みに潜んだ。

策は見事にはまり、竹市、川瀬、増岡は中江伊予守の前では言い逃れもできず、もはやこれまでと、伊予守もろともに始末をしようにも、その爪《つめ》も牙《きば》も気楽流三剣士によってもがれてしまった。

伊予守の根回しによって三人は今、火付盗賊改方の内部で密《ひそ》かに裁かれている。

柊木政右衛門殺害の一件は、事実として公《おおやけ》にするには世間に対して余りにも憚《はばか》られたし、あれこれ三人の余罪を辿《たど》ると、三人から金品を受け取り見て見ぬふりをしたとされる役人が少なからずいるはずで、そのことで路頭に迷う者も多く出てくるであろう。

柊木政之介は、父の死は黒塚の紋蔵の復讐によるものだという、今までの取り調べのままで好いと告げた。

洞穴の源蔵も、政右衛門の仇が討てたならばそれで好いし、あんな連中に殺されたと知れるより、盗賊の親玉と戦って討ち死にを遂《と》げたという方が、まだしも故人の名誉になるのではないかと政之介に己が想いを伝えた。

秋月栄三郎、陣馬七郎、松田新兵衛の三人は、義によって政之介、源蔵の助太刀をしただけで、この場のことはこの場限りに忘れてしまいましょうと誓い、その場で文書に署名した。

中江伊予守は、自分が配下の与力・柊木政之介と歩行中、酔態の竹市亮蔵、川瀬弥七郎、増岡浩助と出会い、日頃の素行に対する疑惑を糺《ただ》したところ斬りつけられた。そしてそこへ偶然通りかかった気楽流三剣士の助勢を得た——そう文書に認《したた》め、栄三郎たちはただ助勢をしただけで、斬り合いの理由までは聞いておらぬ由《よし》の誓約をしたのだ。

竹市、川瀬、増岡の三人の詮議《せんぎ》はこうして密かに進められた。

源蔵がこの三年、三人の動きをそっと探ったことによって得た断片的な事実を栄三郎はさらに推理してみたが、その推理はまったくその通りであった。

以前から盗人捕縛後の盗品の横領を繰り返していた川瀬は、そのうちに金で与力の竹市、同僚同心の増岡を巻き込んだ。

一子・亮左衛門の出世の足掛かりをつけてやりたいと思っていた竹市亮蔵は、なんとしても金が欲しかった。この悪事をうまく隠蔽《いんぺい》するうちに欲は膨《ふく》らみ続け、ついに百化けの猫三なる盗人を見逃すまでに至る。

これに黒塚の紋蔵一味なる名を付け、火付盗賊改方の情報を流し、盗みを助け、それなりの金を稼ぐと捕物にかこつけて斬殺した。

この時に、百化けの猫三の顔を知っていた差口奉公《さしぐちぼうこう》の才三をも口封じに殺し、柊木政右衛門が川瀬を怪しみ、やがて今までの悪行が暴かれていくことを案じた竹市亮蔵は川瀬と計り、政右衛門をも殺害した。

そして三年が経《た》った今、西崎右門をも三人がかりで廃寺で殺し、彼の屋敷へ探索の名目で入った折に偽《にせ》の誓紙を部屋に持ち込み、女との出奔に見せかけた。

やがて明らかになる事実――三人の悪党どもは、役儀につき不届きなることありというお達しの中斬首となり、竹市亮蔵の息子で現在は将来有望の御先手組与力として竹市家の当主となっている亮左衛門は、家禄召し上げの上、親族にお預けとされた。

出奔したとされていた西崎右門の遺体は三人の供述通り、渋谷川の底に沈められていた。彼の名誉は回復され、その死は見廻り中の水難による事故死とされた。

だが、そのような個々の名誉と火付盗賊改方の体面を守りつつ、三人の不届き者を厳罰に処した細々とした事象はまだこの先少し時を要する。

そして、今の秋月栄三郎にとってはそのようなことなどまったくどうでも好いことで、彼は源蔵の〝一番手柄〟が火付盗賊改方によって正式に賞されたことが嬉しくてたまらなかったのである。

源蔵は胸の病を悪化させ、あれから天龍寺門前の家で病床にあったが、意識ははっきりとしていた。

報奨《ほうしょう》の沙汰《さた》が下ることは、まず病床を見舞った柊木政之介によって伝えられた。

この時は秋月栄三郎も同行したのであるが、

「源蔵、おぬしの報奨の次第とはこのようなことになったのだ……」

と耳打ちされ、源蔵は目を丸くしたものだ。

それによると、三年前のあの霧雨の夜——柊木政右衛門は黒塚の紋蔵の不意討ちを受けたが、自らも小柄《こづか》を紋蔵に命中させ深傷《ふかで》を負《お》わせた。

紋蔵は逃走をはかったが、甲州《こうしゅう》街道は府中《ふちゅう》の宿の手前で力尽き、その地で行き倒れの無縁仏として処理された。

そして源蔵は紋蔵に捨てられた血染めの政右衛門の小柄を発見し、独自の推理で紋蔵の足跡を追い、この事実を確かめ、仙川《せんがわ》の一里塚の近くに紋蔵が埋めた千両の金をも見つけたというのだ。もちろんこの千両は、竹市、川瀬、増岡がまだ隠し持っていた金をもって充《あ》てられたのであるが——。

「お役人様方も大した法螺《ほら》を吹きなさるもんでございますねえ……」

嘆息する源蔵のぽかんとした顔は、思い出すにつけ笑えてくる。

「だが、真の一番手柄は秋月殿ではなかったかと……」

政之介は言葉に力を込めて栄三郎を見た。

「思えば秋月殿が源蔵の世話を焼いたことで某の気持ちも変わり、西崎右門も動き出し、色んな眠れる力が目覚めてひとつになったような……」

「そんな……、からかわないでくださいよ」

栄三郎はしかし、政之介の言葉を高らかな笑い声で押し止めた。

「奴らはどうせいつか悪事を暴かれていたことでしょう。むしろわたしが動いたことで、西崎右門という旦那を死なせてしまったような気さえしておりまする」

「西崎右門のことを思うと真に無念極《きわ》まりないが、それは某の未熟ゆえのことで、秋月殿のせいではない。秋月殿、中江様があなたのことをお気に召されて、何か世話を焼かせてもらいたいと仰《おお》せにござりまするぞ」

政之介はそれでもなお栄三郎への熱い視線を外さず、膝《ひざ》を乗り出した。

「それは嬉しゅうござりまするが、お気持ちだけ頂いておきましょう。わたしは今度のことで己が剣の道がいずれにあるか、朧《おぼろ》げながら見えて参ったような気が致しましてな。もうそれだけで満足なのです」

栄三郎は相変わらず爽《さわ》やかな笑顔を浮かべるばかりであった。

「まったく、欲のない人ばかりだ……」

政之介は嘆息した。

松田新兵衛、陣馬七郎の二人も、あの夜の見事な働きに驚嘆した中江伊予守から浪人の身の先行きについて考えさせてもらおうと言葉をかけられたものの、まだまだ剣が未熟ゆえ修行を致さぬとなりませぬゆえにどうぞお許しくださりませと、判で押したような返事を残してそそくさと旅立っていた。

その際堅物《かたぶつ》の新兵衛は栄三郎に、

「岸裏先生のお教えに背かぬようにな」

と厳しい一言を忘れなかったが、栄三郎が意外や竹市亮蔵と見事に渡り合っていたことに安心したようで、その表情は彼にしては珍しく穏やかな笑みに包まれていたものだ。

「どうぞこの先、お父上に負けぬ与力の旦那になられますように……」

栄三郎は威儀を正し、政之介に一礼をした。

「何やら今生《こんじょう》の別れのような物言いにござりますな」

政之介もこれに倣《なら》い、背筋を伸ばした。

「そうは申しませぬが、秘事を知る者同士があまり寄り集まってはならぬような……。そんな気がするのです……」

「なるほど、そうかもしれませぬな……」

「はい……」

「それぞれの生きる道がおよそ定まった折に、また一度、ゆるりと会いたいものでござるな」

政之介はしみじみと言った。

会ったばかりの頃は、歳下《としした》の頼りなげな役人風であったのが、少しの間で何やら随分と大人の面構《つらがま》えに見えた。武門の家においてはこうして、当主は頭領の顔を備えていくのであろう。

栄三郎はそんなことをふと思ったが、そこにはかつて覚えた武士の出ではない自分への苛立《いらだ》ちや、引け目がまるでなかった。政之介と同じく、自分も少しは変わったようである。

栄三郎は嬉しくなって、

「是非ともその折はよしなに……。とは言っても、わたしの生きる道はなかなか定まりそうにありませんが……」

政之介の言葉にそう応えると、再び高らかに笑った。

「当面は源蔵親分を引き立ててやるつもりですよ。あれこれとおもしろいことを思いつきましてな」

「おもしろいこと？」

「はい、〝法螺吹き源蔵〟の面目躍如《めんぼくやくじょ》というところですかな。はッ、はッ、はッ……」

三

源蔵が病床に臥《ふ》せってから五日が過ぎた。

この間起こった数々の奇跡は、随分と源蔵自身を驚かせ、笑わせ、元気づけた。

そして、そんな時源蔵の傍《そば》には必ず秋月栄三郎がいたのである。

この日は、いよいよ明日江戸を発《た》ち大坂へ戻るという栄三郎の父・正兵衛が見舞いに訪れた。

何よりも奇跡なのは、病身の父・源蔵に代わって、息子の福太郎が事件のあらましを誰彼構わず興奮気味に語ったことであろう。

「いや、それが驚いたの何の……。まったく信じられませんでしたよ。なあ、お父つぁん……」

どちらかというと父親のおめでたさに反発したためか、若くして店を切り盛りしなければならなかったことが影響したか、福太郎は真面目《まじめ》一筋でおもしろ味に欠ける男であったが、こうして物語りをさせると父親から受け継《つ》いだ血は争えず、なかなかに話し上手であった。

　時折、同意を求めるように源蔵の顔を窺《うかが》う福太郎の表情を見ていると、どこかぎくしゃくとした父子の雪解けも近いのではないかと思われた。

　源蔵と福太郎の父子仲を案じ、我が子・栄三郎をふく屋に通わせた正兵衛は、この展開に満足そうな目を栄三郎に向けた。

　店先へ出ては戻ってきて、いつになく上機嫌の亭主を見るお恵も終始嬉しそうである。

「お父つぁんが死にそうになって運ばれて来た時は、もう本当にどうなるかと思いましたが、柊木様の若様がわざわざ訪ねてくださってびっくり。お父つぁんが大した手柄を立てたと聞いてびっくり。お供で来ていなすった柊木様のお屋敷のあの気難しい有川とかいうご家来が、にっこり笑ったんでまたびっくりでございますよ……」

　びっくりを続けながら福太郎は、長き歳月にわたって探索を欠かさず、一番手柄をあげた父親を見直す思いであった。

　政之介は、差口奉公をした者で手柄を立てた者は数多《あまた》いる、しかし、それを退いてからも黙々と恩を受けたというだけでこれほどまでに一事に励んだ者はいない、賞讃に値《あたい》すると、息子の自分にまで温かい言葉をかけてくれた。

「びっくりしたのはこれからなんでございますよ……」

三日が経ち、源蔵の意識もやっとはっきりとし始めた頃であろうか、ふく屋に不思議な者たちが訪ねてきては、福太郎に源蔵との昔の思い出を語った後は源蔵を見舞い、すぐにまた去っていったのである。

まず初めに現れたのは信濃の金造という名主の息子で、金之助と名乗る源蔵と同年代の男であった。

福太郎にはその名に聞き覚えがあった。よくよく考えてみると、何度か源蔵から聞かされた法螺話に出てくる養蚕《ようさん》長者ではないか。

「いやいや、秋月先生から文《ふみ》を頂戴致しましてな。何でも源蔵さんは胸を患っておいでとか。それを知って、わたしも信州上田からやって参った次第にございます……」

金之助は、昔源蔵が屋敷に滞在した時の思い出話を語った。

「あなたの親父殿はおもしろいお人でござりましてな。江戸や上方の珍しい話など聞かせて頂いたものですよ。そうそう、あの折には忍山の半三という盗人に忍び込まれましてな。死んだ親父殿が金を持って帰ってくれと頼んだら逃げてしまいました。どれも好い思い出でございます。生憎《あいにく》今はあの頃のような勢いもございませせいでな。ひっそりと名主を務めておりますでございます。いや、訪ねてみてよかった。何でも源蔵さんはお手柄を立てられて、今は寝込んでおられるとか。一言だけ挨拶《あいさつ》がてらお顔を見させて頂いたら帰らせて頂きますので……」

そして、病床の源蔵を見舞うや、傍に付き添う秋月栄三郎から源蔵の一番手柄を告げられ、

「さすがは源蔵さんだ。わたしも鼻が高《たこ》うございますよ。いや、しかし、見れば命に障《さわ》りはないようでよかった。ああ、何もおっしゃらずともよろしゅうございますよ。またいつか、お会いできる日を楽しみに致しております」

何度も頷き感心すると、何か言おうとする源蔵を両手で制して早々に去っていったのである。

「それだけじゃあございませんで、栄三先生が方々にお伝えくださったお蔭《かげ》で、その後も色々なお人が訪ねてくださいました……」

福太郎は続けた。次に訪ねて来たのは二十五、六の若者で、

「あっしは安房勝山で漁師をしております源太と申す者でございます。親父は以前、こちらの親分と木更津まで駆け比べをした韋駄天《いだてん》の太三と申します……」

　なんと、あの日源蔵に、いつか子が出来たら兄ィの名をひとつもらって〝源太〟にさせてもらうよと言った太三の倅であったのだ。

「何だって、お前はあの太三の倅か……」

　この時ばかりは源蔵も源太という若者を食い入るように見たという。

「へい。親父が親分と同様でちょっと体を壊しまして、あっしが代わりにお見舞いに参りました」

「そうかい、それでお前のおっ母さんは？」

「なみと申します」

「そうか、一緒になったんだなあ……」

　源蔵は感慨《かんがい》深げに頷いたが、源太もまた信濃の金造の息子・金之助と同じように源蔵の一番手柄を栄三郎に聞かされこれに感心し、見舞いの言葉を述べるやそそくさと去っていった。

　さらに次にやって来たのが――、

「根岸で茶壺《ちゃつぼ》を扱《あつこ》うております、一六と申します……」

　金沢の浜の沖合いにある小島で二日にわたってサイの目《め》を競《きそ》った〝壺振りの一六〟であった。

かつては渡世を生きた強面《こわもて》の男も、今やすっかりと毒気が抜けて好々爺《こうこうや》然としているが、昔の極道《ごくどう》ぶりを懐かしむような恥じ入るような、何ともいえぬ笑みを浮かべて福太郎に案内を請《こ》うたものであった。

源蔵は一六との再会の時が一番嬉しそうで、顔を見るや昔話に華を咲かせた。

「互《たげ》えに歳を取ったものだねえ……」

思い出話をしたとて自慢できる二人ではない。一六は源蔵の手柄を喜び、源蔵は茶壺を扱い静かに暮らす一六を喜び、言葉少なに別れたのである。

「そうでおましたか。それはよろしおましたなあ。ただの法螺話やなかったとは驚きや……」

正兵衛は福太郎の話を聞いて、源蔵の顔を覗《のぞ》き込むようにして言った。

源蔵は照れ笑いを浮かべたが、

「福太郎さん、あんたにとっては自慢の父親やなあ」

正兵衛は続いて福太郎の顔をじっと見た。

「へへへ……」

福太郎もまた照れ笑いで、何と言って答えればよいかわからぬ間をとり繕《つくろ》ったが、

「自慢なんてできずともよろしゅうございますから、この先は、わたしとお恵の傍にいてもらいたいと思っております」

やがて噛みしめるように、薄《うっす》らと目に涙をにじませて源蔵を見ながら言った。

その言動には、満更嘘《まんざらうそ》ではなかった昔話を法螺話に決まっていると切り捨てて、恨むことがあっても男としては認めてこなかったことを、詫びる気持ちが籠《こ》もっている。

母のお福は苦労ばかりをさせられて死んでいったのではなかったのだ。こんな風に人に好かれる父の優しさにとことん惚《ほ》れ抜いたのだ——。

それが今、福太郎はつくづくとわかったのである。

とはいえ、他人様《ひとさま》の前で、自分の親父を手放しで誉《ほ》められないではないか——。

源蔵には、福太郎の想いがもはや伝わり過ぎるくらいに伝わっていた。

「何を言ってやがる。お前とお恵の傍にいたって、おれは邪魔になるだけだよ……」

熱く込みあげるものを胸に覚えながら、源蔵はやっとのことで息子の言葉に応えたが、

「孫の面倒を見てくれよ……」

「孫……。そんならお恵は……」

息子の言葉に目を丸くしてお恵の表情を窺った。お恵は恥ずかしそうに俯《うつむ》いている。

「そうかい……、そうかい……、お恵、でかした、でかしたぞ……。正兵衛の親方、あっしも孫を持つ身になれそうでございますよ……」

源蔵は泣いた。照れも恥ずかしさもかなぐり捨てて泣いた。息子との間にいつしか出来た心の溝に降り積もった雪を、この涙が流してくれる——そんなことを思っているのであろうか、源蔵は正兵衛に訴えるようにさめざめと泣くのであった。

「親分、孫はすぐに生まれぬよ。長生きせぬとな……。ささ、休んだり、休んだり……」

栄三郎はそんな言葉で祝福すると、こういう涙の場が苦手な父の心中を察して、今の暇《いとま》を促《うなが》した。

「ほな去《い》なしてもらうわ。源さん、もう今度はいつ会えるかわからんけど、互いに達者にしてたら次があるわ。おめでとうさんでおます……」

正兵衛は栄三郎と共に立ち上がった。

源蔵は横になるよう促されたが、掛け布団《ぶとん》を横へやり、その場に座り直してこの親子を上目《うわめ》に見た。

「親方、何と御礼を申し上げてよいか……。それにしても、返す返すも親方は、好い息子さんをお持ちになりましたねえ。栄三先生、お前さんは何て気持ちの好いお人なんだろうねえ……」

源蔵は惚れ惚れとした目を栄三郎に向けると、このあらゆる秘密を共有する晩年の友へニヤリと笑みを浮かべ、その場でしばし平伏をしたのである。

四

翌朝。

秋月栄三郎の父・正兵衛は江戸を去った。そのお節介によって、ひとつの事件が解決に向かう大きなうねりの元を作り、人の縁を繋げたというのに、そんなことにはまったく我関せずといういつもの飄々《ひょうひょう》たる物腰で、彼は早朝、向島の料理屋を訪ねた愛息・秋月栄三郎の見送りを受けた。

「わしは昨日の晩あれこれ考えたのやが、栄三郎、お前、あれこれ人を仕立てて源蔵はんの法螺話をほんまのことにしたんやろ」

栄三郎の顔を見るや正兵衛は口許《くちもと》を綻《ほころ》ばせて、睨《にら》むような目を向けた。

「やっぱりわかってはりましたか」

栄三郎は上方の口調となり、首を竦《すく》めた。

「あそこの福太郎という息子もきれいに担《かつ》がれて、かわいい男やなあ」

「へえ、かわいい男でおますわ……」

正兵衛と栄三郎は顔を見合わせて笑った。

源蔵の法螺話に登場する者たちが突然現れたのは、源蔵から話を聞いた栄三郎が源蔵の胸の病が芳《かんば》しくないのを気にしてかつての源蔵の仲間を捜して声をかけたからだ、と福太郎は思い込んでいるようであるが、そうではなかった。

「信濃の金造という長者の倅で金之助というのは、あれは誰や」

「あれは、前に二階を間借りしていた居酒屋の親爺《おやじ》でございますわ」

「韋駄天の太三の倅の源太は？」

「その親爺の息子でございます」

「お前に頼まれて引き受けてくれたんか」

「おめでたい親子でござりましてな」

「あほらし」

「茶壺を扱《あつこ》うているという親爺だけはほんまものでござりまする」

「へえ、そうかいな……」

「もっとも、二日の間、サイの目を操って勝負したかどうかは知りませぬが……」

竹市亮蔵一派を待ち伏せした日、栄三郎は源蔵に、

「今まで聞かせてくれた話はどこまでが本当なんだい?」

と訊ねてみたという。

「源さんは何と言うた?」

「どれもみな、本当の話だと」

「ほう……」

「ただ……」

「何や」

「喋《しやべ》るうちに、ちょっとばかり大げさに言ってしまったと」

「はッ、はッ、はッ、大げさ過ぎるがな」

正兵衛は呆《あき》れて笑い出した。

「信濃で長者に会《お》うた、安房で足の速い男と駆け比べをした、金沢の浜沖の小島にちょっとした賭場《どば》があって、そこで壺を振ったことがあった……。それだけの話だったということで……」

それなら嘘を真にしてみようかという栄三郎の言葉に、その時は曖昧《あいまい》に頷いたまま捕物を迎えたわけだが、一件が落着した後に寝込んだ源蔵は、いきなり偽者が見舞いに来たのであるから随分と面喰《めんく》らったようだ。さらに本物の壺振りの一六が現れた時は懐かしさに震えた――。

しかし、人の好い福太郎はすっかりとこれを信じ込んで、源蔵の話を信じなかったことを恥じた。源蔵は今さら嘘だとは言えず、ありがたく栄三郎の仕組んだ芝居に乗ることにしたのである。

「ちょっと悪戯《いたずら》が過ぎましたかな」

「いや、おもしろうて人を和《なご》ませる嘘には罪などない」

「そうですかのう……」

「そういうことにしとけ。福太郎はんも、わかっていて騙《だま》されることにしたのやろ」

「なるほど……」

父と子は愉快に笑い声を立てた。

洞穴の源蔵はそれから二年を生きた。

やがて生まれた孫と遊び、時には己が創業した店を手伝い、穏やかな晩年を過ごした。

そして法螺話を語ることはもうなくなったという。

今の正兵衛、栄三郎父子にそのような未来はまったくもってわからないのだが、栄三郎は柊木政之介に対してそうしたのと同じように、この後はもう天龍寺門前へ行くことはなかった。

忌まわしい秘事の記憶を共有している身が、温かな町の家で余生を過ごす男の心を乱すことがあってはならないと思ったのである。

「ともあれ栄三郎、おおきに、お前はわしの面倒くさい頼みをよう聞いてくれたな」

ひとしきり笑うと正兵衛は改まった物言いをして栄三郎を見た。

「大したこともしておりませぬわ。二両の金をもろうて、何もせんわけにはいけませぬよってにな」

栄三郎はそんな正兵衛の言葉を笑いの延長で受け流そうとしたが、今日の正兵衛はそうさせてはくれなかった。

「いや、お前はわしの自慢の息子や……」

「そうでござりまするか？　子供の頃から家業に見向きもせんと江戸へ剣術修行に出てしまいやがったと、嘆《なげ》いてばかりいると聞いておりましたが」

「そら、人にはそう言うわいな。そやけど心の内ではな、どうやこれがわしの息子や、剣術が強うて江戸へ来て修行をせぬかと誘われたんやぞ、どんなもんや……。はッ、はッ、皆、わしの息子のことを誉めたってくれと、いつも思てるわけや」

「あほなことを申されますな」

「親というものはあほなものじゃ。あほ見たけりゃ親を見い、言うてな。お前のお蔭で色んなことを楽しませてもろた……」

「それほどのことをしましたかいのう」

「お前が近くの町道場で十人を抜いたことは、今でもこの目に焼き付いているがな」

「え……？　十人抜き……。目に焼き付いている……」

栄三郎の胸に蘇《よみがえ》るある日の思い出――それは江戸へ出る少し前のこと。栄三郎が通っていた近くの町道場で仕合があり、栄三郎は見事に同じ年頃の剣士たちを相手に十人抜きを成し遂げた。

「いや、しかし親父殿はあの時、わしが江戸へ行くのが気に入らん、何が仕合やと申されて、まるで相手にせなんだはずじゃ」

「それがな、やっぱり気になって、武者窓の外からそっと、な」

正兵衛は何とも決まりの悪い表情を受かべてニヤリと笑った。

「親父殿……」

体の底から込みあげる嬉しさに、栄三郎は声を詰まらせた。

「そうでおましたか……。見てはりましたんかいな、あの時……」

やっとそれだけ言うと天を仰《あお》いだ。彼の双眸《そうぼう》に膨《ふく》れあがった涙の塊《かたまり》が、今にも滴《しずく》となってこぼれ落ちそうになったのだ。

「ああ、見ていた。見やいでかいな。わしはもう嬉しいてひっくり返りそうになってな。うきうきとしながら帰ったがな」

「ほんまに親はあほでござりまするな……」

「ああ、あほや……」

父と子は、あほやあほやと、しばし泣き笑いに時を費《つい》やした。

「あほのついでに言うておく。お前は己が剣の道に迷うているそうやけど、お前にしかできぬ剣の道をゆっくりと考えてみたらええがな」

「わしにしかできぬ剣の道……」

「難しいことはわからぬがな。お前は、町の者の気持ちも武家の気持ちもわかっていることが強みや」

「それは確かに」

「その中にこそ、己が剣の道を求めんかい」

父と子はゆっくりと大きく頷き合った。

もうそろそろ、正兵衛は堂島の隠居と喜八と共に船に乗るために出立する時分であった。

——度々《たびたび》会える人ではないものを。

いくら堂島の隠居との付き合いが忙しいからと言ったとて、もう少しつかまえてあれこれ語ればよかったと、今頃になって悔やまれる。

——いや、それが父子というものじゃ。

正兵衛の笑顔はそう語っている。

「親父殿、好いお歳を」

「ああ、お前もな……」


正兵衛は大坂への帰途についた。

江戸はすっかりと師走《しわす》の慌《あわただ》しさにごった返している。

そろそろ仮住まいに借りている仕舞屋《しもたや》の持ち主である絵師も江戸へ戻ってくる。

新たな住まいを見つけねばならぬが、京橋から鉄砲洲、築地《つきじ》……この辺りも悪くはない。

向島から帰る道すがら、栄三郎はこの近くに住みついてみようかと思い始めていた。

竹河岸《たけがし》にさしかかった時、

「旦那、お出かけでございましたかい」

調子の好い声に振り返ってみれば、渡り中間《ちゅうげん》の又平が立っていた。

「おう、この前はすまなかったな」

「とんでもねえ、旦那と一緒にいると楽しくて仕方がねえや」

「それでおれを捜していたってえのかい」

「へい、まあそんなわけで」

「お前に見込まれたって仕方がねえな……」

ふっと笑った栄三郎に、

「まったく仕方がないねえ」

相の手を入れたのは女の声である。

京橋の袂《たもと》の居酒屋〝そめじ〟の女将《おかみ》・お染が二人の後ろから覗《のぞ》き込むようにして笑っていた。

「何だ、お染かい」

「また寄っておくれ、一人でね……」

お染はどうも又平が嫌いのようだ。

「何だあの男女……。おれに喧嘩《けんか》を売ってやがる。ははあ、おれと旦那が仲が好いんで、妬《や》いてやがるんだな、あの馬鹿」

又平は怒ってみたものの、気持ちの切り換えの早い男のようだ。京橋を渡り始めた栄三郎の後を足取りも軽くついていく。

――うむ、この辺りに住んでみるか。

栄三郎は橋を渡って左へ、水谷町の方へと向かった。

「旦那、この前のおやじさんは、あれから達者にしているんですかい」

又平は相変わらず源蔵のことを訊きながらついてくる。

そういえばこの辺で、以前癪《しゃく》に苦しんでいるところを助けた老人・宮川九郎兵衛が手習い師匠を務めていることを、栄三郎はふと思い出した。

「おう、あれだな……」

すぐに、表長屋を三軒ばかりぶち抜いて一つにした、なかなかにおもしろ味のある家屋が見えた。

格子《こうし》窓の向こうに、賑《にぎ》やかな声をあげている子供たちの姿がある。

手習い所に何の用があるのだろうと首を傾《かし》げる又平を尻目《しりめ》に、栄三郎は吸い寄せられるように格子窓へと寄って中を覗いた。

「おう、これは……」

習字をする子供たちの机を見廻っていた九郎兵衛が、たちまち栄三郎の姿に気づいて満面の笑みを投げかけてきた。

その途端、一斉《いっせい》に子供たちが栄三郎につぶらな瞳を向けてきた。

栄三郎は九郎兵衛と子供たちに会釈《えしゃく》を返しながら、こんな所で日々過ごすのも悪くない――そんなことを思い始めていた。

本書は二〇一三年五月、小社より文庫判で刊行されたものの新装版です。

一〇〇字書評

一番手柄

切り取り線

購買動機（新聞、雑誌名を記入するか、あるいは○をつけてください）	
□（　　　　　　　　　　　）の広告を見て	
□（　　　　　　　　　　　）の書評を見て	
□ 知人のすすめで	□ タイトルに惹かれて
□ カバーが良かったから	□ 内容が面白そうだから
□ 好きな作家だから	□ 好きな分野の本だから

・最近、最も感銘を受けた作品名をお書き下さい

・あなたのお好きな作家名をお書き下さい

・その他、ご要望がありましたらお書き下さい

住所	〒				
氏名		職業		年齢	
Eメール	※携帯には配信できません	新刊情報等のメール配信を 希望する・しない			

この本の感想を、編集部までお寄せいただけたらありがたく存じます。今後の企画の参考にさせていただきます。Eメールでも結構です。

いただいた「一〇〇字書評」は、新聞・雑誌等に紹介させていただくことがあります。その場合はお礼として特製図書カードを差し上げます。

前ページの原稿用紙に書評をお書きの上、切り取り、左記までお送り下さい。宛先の住所は不要です。

なお、ご記入いただいたお名前、ご住所等は、書評紹介の事前了解、謝礼のお届けのためだけに利用し、そのほかの目的のために利用することはありません。

〒一〇一－八七〇一
祥伝社文庫編集長　清水寿明
電話　〇三（三二六五）二〇八〇

祥伝社ホームページの「ブックレビュー」からも、書き込めます。

www.shodensha.co.jp/bookreview

祥伝社文庫

一番《いちばん》手柄《てがら》　取次《とりつぎ》屋《や》栄三《えいざ》〈新装版《しんそうばん》〉

令和 7 年 3 月 20 日　初版第 1 刷発行

著　者　岡本《おかもと》さとる
発行者　辻　浩明
発行所　祥伝社《しょうでんしゃ》
東京都千代田区神田神保町 3-3
〒 101-8701
電話　03（3265）2081（販売部）
電話　03（3265）2080（編集部）
電話　03（3265）3622（業務部）
www.shodensha.co.jp
印刷所　錦明印刷
製本所　積信堂
カバーフォーマットデザイン　中原達治

Printed in Japan ©2025, Satoru Okamoto　ISBN978-4-396-35113-7 C0193

祥伝社文庫の好評既刊

岡本さとる
取次屋栄三《えいざ》 新装版
武士と町人のいざこざを、知恵と腕力で丸く収める秋月栄三郎。痛快かつ滋味溢れる傑作時代小説シリーズ。

岡本さとる
がんこ煙管《ぎせる》 取次屋栄三② 新装版
廃業した頑固者の名煙管師に、もう一度煙管を作らせたい。廃業の理由は娘夫婦との確執だと知った栄三郎は……。

岡本さとる
若の恋 取次屋栄三③ 新装版
分家の若様が茶屋娘に惚れたという。心優しい町娘にすっかり魅了された栄三郎は、若様と娘の恋を取り次ぐ。

岡本さとる
千の倉より 取次屋栄三④ 新装版
手習い道場の外に講話を覗く少年の姿が。栄三郎が後を尾けると……。千に一つの縁を取り持つ、人情溢れる物語。

岡本さとる
茶漬け一膳 取次屋栄三⑤ 新装版
人の縁は、思わぬところで繋がっている。別れ別れになった夫婦とその倅、家族三人を取り持つ栄三の秘策とは？

岡本さとる
妻恋日記 取次屋栄三⑥ 新装版
亡き妻は幸せだったのか。かつて八丁堀同心として鳴らした隠居は、妻を顧みなかった悔いを栄三に打ち明け……。

祥伝社文庫の好評既刊

岡本さとる　忘れ形見《がたみ》　取次屋栄三⑳

名場面を彩った登場人物たちが勢揃い！　栄三郎と久栄の行く末を見守る、感動の最終話。

岡本さとる　それからの四十七士

〝火の子〟と恐れられた新井白石と、〝眠牛〟と誇られた大石内蔵助。命運を握るは死をも厭わぬ男の中の漢たち。

今井絵美子　岡本さとる　藤原緋沙子　哀歌《あいか》の雨

いつの時代も繰り返される出会いと別れ。すれ違う江戸の男女を丁寧に描く、切なくも希望に満ちた作品集。

富樫倫太郎　火盗改・中山《なかやま》伊織《いおり》〈一〉　女郎蜘蛛《じょろうぐも》(上)

鬼面仏心《きめんぶっしん》の火盗改長官現わる！　敵は閻魔《えんま》の藤兵衛《とうべえ》一味。証人を残さぬ残虐な凶賊だ。迫力の捕物帳第一弾！

富樫倫太郎　火盗改・中山《なかやま》伊織《いおり》〈一〉　女郎蜘蛛《じょろうぐも》(下)

中山伊織は健気《けなげ》な少女と出会う。だが、少女は閻魔の藤兵衛一味と知らずに関わり命を落とす。憤怒《ふんぬ》の火盗改は……。

富樫倫太郎　火盗改・中山《なかやま》伊織《いおり》〈二〉　鬼になった男

火盗改の頭を、罠にはめる。敵は、周到で冷酷無比の凶賊〝黒地蔵〟。中山伊織の善なる心に付け込む奸計とは⁉